转山八年

李厚霖 著

光明日报出版社

图书在版编目（CIP）数据

转山八年 / 李厚霖 著；—北京：光明日报出版社，2014.11

ISBN 978-7-5112-7412-0

Ⅰ. ①转… Ⅱ. ①李… Ⅲ. ①游记—作品集—中国—当代 Ⅳ. ①I267.4

中国版本图书馆CIP数据核字（2014）第228092号

转山八年

著　　者：李厚霖

责任编辑：梁永春　　责任校对：傅泉泽
封面设计：冯兴辉　　责任印制：曹　净

出版发行：光明日报出版社
地　　址：北京市东城区珠市口东大街5号，100062
电　　话：010-67078242（咨询），67078870（发行），67078235（邮购）
传　　真：010-67078227，67078255
网　　址：http://book.gmw.cn
E - mail：gmcbs@gmw.cn　shayingfeng@126.com
法律顾问：北京天驰洪范律师事务所徐波律师

印　　刷：北京盛源印刷有限公司
装　　订：北京盛源印刷有限公司
本书如有破损、缺页、装订错误，请与本社联系调换

开　　本：710×1000　1/16
字　　数：200千字　　印　　张：16
版　　次：2014年12月第1版　　印　　次：2014年12月第1次印刷
书　　号：ISBN 978-7-5112-7412-0

定　　价：48.00元

序

灵魂深处的虔敬诉说

（泽秀仓活佛是现任作海寺主持，是作海曲杰亲王金刚师弟三世喜饶雍仲龙珠活佛的转世，泽秀东尼夏普大师的后裔，1970年生于泽秀家族传承世系，11岁进入甘肃夏河作海寺，继承泽秀仓法脉。泽秀仓活佛现任国际雍仲本教联合会副会长，藏传佛教高级学衔评审委员会委员，甘肃省佛教协会常务理事。）

佛教以无量的慈悲和同情心启发人的灵魂自觉，使人纯洁高尚，理想远大。转神山是佛教的修行方法之一，尤其是岗底斯神山是佛，是本尊，也是宇宙大地慈悲与智慧的化身，阳光和空气自净其意、自净其心。所以，正见转神山具有无量功德之效应。

我和厚霖先生认识的时间久远，他皈依佛门后，为了寻找心灵的慈慧，无论工作繁忙，但他每天的功课是从不落下的。他有坚强的毅力、仁慈行善的作风，勇敢无畏，工作很有突破性，在艰难的修行过程中不断爆发出精神的力量。而这种力量可缓解他在事业上的疲惫和精神压力。佛法可以把人心之中深藏的佛性发掘出来，发扬光大，所以他在红尘中处理问题的能力就越强，众善奉行、自净其意，增长福慧。

厚霖先生背驮苍穹，旷野茫茫，漫长的八年中转绕岗底斯神山十六圈，难能可贵的精神，功德无可限量。他为何如此虔诚地去转神山呢？天地轮廓真谛显现，心净如晶解脱苦难，获取智慧，普渡芸芸众生，厚霖先生淋漓尽致地表达了这样的心愿和美好的祝福！

厚霖先生的《转山八年》一书面世，“诸恶莫作、众善奉行、乐善好施”等法则，对自己的灵魂深处向世人展现了虔敬诉说和精神风采！

代序

谒：缘起缘灭，因果不虚

厚霖几天前找我盼为写序，从不写序的我犹豫再三，原是觉得自己文学功底尚浅，自幼是私塾藏文，而后去的美国，本就中文功底有限，怕胡乱写序耽误了朋友出书的发行。但拜读本书以后令我颇为感动，加之厚霖一直持之以恒的慈善之心，所以提笔小叙几句，不足之处望厚霖和读者海涵。

其实早就听厚霖谈起多年的阿里转山经历和对藏区的深厚情感。此次仔细翻看了他的书，字里行间中的痛苦、煎熬、迷茫、坚持，及生死之间，不禁让我想到《菩萨行论》中说的“众生都不愿意吃苦，但却恰恰寻苦吃，愿得利乐因愚痴，毁坏利乐如仇敌”。人生苦短，每个人都想过更优越的生活，住更大的房子，坐更好的汽车，为此大家努力在赚钱，而恰恰是这些导致的贪、嗔、痴让我们最痛苦和无助。佛法就是使我们认清所追求幸福的真谛、美德和慈悲会让我们离苦得乐。而转山正是让大家在身体和精神上感受到了佛陀所言不虚，也许恰恰是身体的极限，才能够体会真正的苦与乐，身体上的痛苦对心灵上的洗涤来说，可能就是真的微不足道了。我想这种痛并快乐着的感受就是作者如此着迷转山的原因吧。正所谓：上智修心，中智修身，下智修口，转山应是很大的修行！

也可能有些读者会说，我不信佛教去转山有何意义，或者不确定在经历了这么多辛苦后是否会有收获。就像厚霖书里说的，是否转了108圈冈仁波齐神山我就能成佛了呢？“起信、入道、证果” 本来就不是容易的事情。大部分人在看“果”，看自己能有什么样的结果再去衡量是否要去做，就像是商家的一笔买卖。可能人生的真谛并不都是一种交易，只有奋不顾身的努力，坚定的执着，经历了风雨，才知道因果不虚，付出都是有收获的。至于是否一定是佛教徒才会有收获，其实佛陀在传法的时候就提及“不斥外道”，不必强迫任何不愿意的人修行佛法，但众生皆可有佛性，都可拥有善念与善行。转山是对自我的一种重新认识，是对发掘自我潜能的一种考验。机缘巧合的笔者从疑惑是否能坚持，到拼命也要多转几次神山，就是一种自我精神毅力的提高，这种信念就是我们一生最需要珍惜的东西，无关乎信仰。

另外书里也谈到慈善，其实这点是我们藏传佛教的基本教义之一，要学会利益众生。这也是为什么我虽不善文笔，却也同意提笔写序的原因。一是，厚霖的慈善之心令我动容，他是宅心仁厚之人； 二是，我也希望本书能够有更多的读者看到，并能够参与到慈善中来。不光佛教讲慈悲，道教也讲积德，儒家也讲仁爱，墨家也讲兼爱，虽在表述上有所不同，但蕴含着的人道理念和道德准则是共通的，都在教育我们慈悲为怀，普度众生，救人济世，福利为民。其实只要你有爱心做慈善很简单，不像有些人认为的那样，是有钱人树碑立传买卖。在我们藏区，利他之心是深入血液里的执着，我们每一次磕长头的祈祷都是众生的幸福平安，而不是自己的快乐健康。我自己多年做慈善深刻地体会到并不是要捐很多很多钱才能帮助他人，但你有那份心，哪怕是拿出一个周末去做义工，或只是用10元钱买点必需品，让弱势群体知道有人在关心着他们就是最大的善心。你对父母的一声关爱，对陌生人的一个微笑，对孤寡老人和孤儿的一句祝福，也都是慈善之举。中国不是有句古话“勿以善小而不为，勿以恶小而为之”，说到底众生慈善之心皆通，佛性皆有。需是碰到有缘之人或事!

在这本书里，我看到了一个成功企业家做事情的执着，在挑战身体极限时候的斗志，在濒临困境时候的坚持，在面对死亡时候的信念。我想厚霖写这本书的意义也不是为自己歌功颂德，标榜自己的意志力和能力的。他想传递的是自己对这段辛苦历程的理解，对人生的感悟。希望每个人在碰到自己人生的卓玛拉山口时都能够坚定信心翻过去，“转”过自己遇到的每座大山!

（尧西.班.仁吉旺姆，十世班禅大师的女儿，金融学博士）

代序
转山：人生中的一段终极旅程

2014年8月15日，左脚、右脚，左脚、右脚……平稳住呼吸，我的目光注视着自己的双脚，行走在青藏高原岗底斯山脉的主峰冈仁波齐脚下的一条山道上，数千年来无数的人曾经行走在这条山道上，完成人生中的一段终极旅程……

2014年10月1日，暂别世事的纷扰，我带母亲和女儿从北京起飞经过8个小时的航程抵达迪拜。在迪拜机场出关时，我却被意外地“扣下”了。问题出在我的护照上（我持有的是香港签证身份书，阿联酋是全世界唯一不承认该护照的国家，之前我并不知情），应该是他们的签证系统出了纰漏，居然给了我签证，但现在海关又不能予以放行。我无语了，如果阿联酋政府不承认该护照，那为什么要给我签证呢？机场海关给我的回答是：给我签证是一个错误，如果他们让我入境就又犯了一个错误，所以只能要求我返回北京。

“人生也好，旅行也好，总会遇到这样或那样的问题，我们必须尝试着去解决或是去接受，但是首先要保持冷静”，在海关办公室外走廊的长椅上，嫣儿问我为什么我们要坐在这里时，我捧着她的小脸，如是回答。

解决的方案有以下几种：一是据理力争，但在政策红线面前，多半是徒费口舌；二是顺从地乘机返航，但又会让他们无视自己的错误，会让更多的人因这个错误遭致和我一样的境遇。这种两难甚至让我和母亲聊起了这些时日风起云涌的香港“占中”问题。

我查了一下回北京的机票，最早的航班是第二天凌晨四点。即使返回，也还要等十几个小时。我们就在走廊的长椅上安坐下来，母亲和嫣儿拿出ipad开始看动画片，我打电话给迪拜的旅行社，请他们联系中国驻迪拜领事馆，希望可以和阿联酋移民局交涉，看如何解决这样一个因为他们的错误而引发的问题。

3个小时过去了，嫣儿饿了。而我们唯一的食物就是一包恰恰香瓜子。为了不给别人造成视觉和听觉上的困扰，我和母亲凝神聚气，小心翼翼，不露声色地用手一颗一颗地剥给嫣儿。嫣儿也配合地紧闭双唇细细地咀嚼着，三人对视着，眼神中充满着强忍的笑意。也许受到了感染，原本言辞生硬身着白色长袍的海关官员偶尔也会从办公室里出来张望一下坐在长椅上的我们，眼神疑惑，却也送上一个僵硬的笑容。嫣儿开始在本子上画画，她实在是一个乖巧的孩子，拍了拍她的小肩膀，我微闭双眼靠在长椅上，思绪开始蔓延……

五年前的国庆节，我带着嫣然天使医疗队去西藏阿里，为当地的唇腭裂儿童做手术。我们从拉萨出发，驱车一千多公里，在即将到达阿里的路上，我第一次远远地看见了冈仁波齐。行程太紧，我只能给予她一个深情的注目礼。

今年八月，我再次带领嫣然天使医疗队来到西藏阿里，救助工作结束时，我突然高烧40度。输液退烧之后，我依然按计划前往冈仁波齐神山开始我的转山之旅。海拔五千多米的高原，病后疲惫的身体，五十多公里的转山之旅，无疑是我人生中的一次终极体验。

左脚、右脚，左脚、右脚……平稳住呼吸，我的目光注视着自己的双脚，行走在青藏高原岗底斯山脉的主峰冈仁波齐脚下的一条山道上，数千年来无数的人曾经行走在这条山道上，完成人生中的一段终极旅程……

要想保持自己的体力，顺利地完成人生旅程，就必须找到属于自己的步伐，人生的节奏，并且保持住这种步伐和节奏。

有时候，我们自己会打乱自己的人生节奏，因为在人生旅途中，我们会尝试去超越别人，但代价就是更加剧烈的喘息和更长时间的休息，最后你又不得不被超越，不得不回到自己原有的位置。或许，人生真的不存在超越，也无需超越他人，你只需按照自己的节奏，去行走，去完成自己的旅程。

有时候，外界的干扰会打乱我们的人生节奏。转山中同行者、过路者打个招呼、寒暄几句、合影留念，可是每一次停顿之后，你不得不重新调整气息、调整步伐，重新找回自己的节奏。慢慢你会发现，不可以这样，在人生旅途中，你必须谢绝一切干扰，哪怕这种干扰是善意的。你必须如此苛刻地要求你自己，这注定是一场孤独的旅程。

我已是四十不惑之年，亦懂得人生即是一场修行，转山正是修行之路上的一段极致体验，把体验之后的感悟和生命张力的扩展带回到神山下的生活里，融入到我们的身体里，让我们得以在世间更从容地游走，这便是转山的意义所在吧。

“Hey， lucky man， you have got through the Customs. Enjoy your holiday!” 等待了五个半小时之后，白色长袍把一份文件递到了我的面前，把我从冈仁波齐拽回到迪拜机场。峰回路转，在和移民局策略性的交涉之后海关终于放行了。在得体的致谢、告别之后，嫣儿背起她的小书包，拿着“土豆”（她形影不离的毛绒玩具狗）走在最前面，没有焦躁、没有急切，脸上挂着淡淡的笑容，她的心已经到了海边的沙滩上。我们所追求的，在孩子身上永远有着最本初的体现，我笑了。

（李亚鹏，慈善家，中国红十字会“嫣然天使基金”创始人。）

自序
为什么还要去转山？

转山，顾名思义，就是徒步绕山一圈或多圈。它是盛行于藏地的庄严而又神圣的宗教修行仪式。我所转的山，是位于西藏阿里地区的海拔达6721米的冈仁波齐。佛教说，它是须弥山；印度教说，它是神湿婆的化身；藏地本土宗教苯教说，它是贯通宇宙三界的神山；我说，自从第一眼见到它，它就和我的灵魂合而为一。

对虔诚的信徒而言，冈仁波齐是圣地；对有高原反应的人来说，冈仁波齐则是禁地。巧的是，我二者兼备：既是修行多年的佛教徒，也是高原反应重度患者。

平原去的人，转完冈仁波齐神山一圈，正常需要两天一夜，慢则三天两夜，情况更糟时可能要更多时间。在平均海拔近5000米的山石路上，四季随机播放：或烈日灼人，或风沙弥漫，或大雪冰雹。如此恶劣条件下，连续徒步50余公里，纵然身体健壮的年轻人，恐怕也是一段艰难的行程，更何况我这个高原反应重度患者。

不必说在转山途中，即使在宾馆休息时，高反症状就已排山倒海而来：

头痛欲裂、心慌气短、恶心呕吐、意识恍惚、高烧不退。人在这种情况下，动作会变得迟缓，不敢快走一步，不能搬取重物，否则心脏立即剧烈跳动。整个人处在僵硬和慢镜头状态，或者说，是半死不活的状态。

我记得，有一次转神山时，因高原反应异常严重，在拉萨输液五天才勉强进入阿里地区。

——拉萨的平均海拔3650米，而阿里是4500米，海拔每高100米，气温下降0.6度，大气压降0.67kpa，对高原反应患者来说，海拔每高100米，所承受的痛苦是成倍数增加的。

2007年第一次去转山，凌晨两三点，伴随风雪，夜过海拔将近5700米的卓玛拉山口，想想就后怕。虽然后来几年有了足够经验，但各种突发情况还是一次次把我推入崩溃边缘。尤其是2008年，在雪地里匍匐二十多公里，雪堆漫腰，腿如灌铅，每迈出一步不但艰难，而且是生命的未知数，半夜在周围的狼嚎声中，精疲力竭却不敢合眼，无数次死里求生，无数次崩溃再崩溃。2011年，我因急着转山从北京直飞阿里，没有适应过来就上路，结果得了脑水肿，离死亡只差三个小时。2014年，在转山途中，我亲眼看到了三位圣徒的遗体……

正是在这种艰难和痛苦下，我坚持了八年。从2007年至今（2014年），我已转山16圈，特别是今年，我用了一个半月时间转了九圈，创造了自己在平均海拔5000米连续徒步超过500公里的记录。

很多朋友都对我的行为大惑不解：高原反应那么厉害，却非跑到高原去，这是拿命开玩笑还是吃饱了撑的？

还有人开门见山地问我：在高反严酷的折磨下，为什么还要去转山？

我的答案是，首先我是个佛教徒。转神山，本就是佛教徒基本的修行之一，我转神山，只是修行而已。它就如同我分内之事，如同呼吸，它已经和我融为一体，成为不言而喻的真理。

如果一开始，因为虔诚的信仰，我去了；那么接下来真正支撑我走下来的，则是我对人生的看法。转山是一条修行之路，是肉体上的，更是心灵上的。我始终相信一句话：一次痛彻心扉的经历，抵得上千百次的告诫。

心理学家苏茜·奥巴赫说：“当你为自身制造了某种痛楚并坚持过去之后，你会进入一种境界，虽然称不上极乐，但是脱离了平凡，自觉能够超脱，为普通人之所不能为。”每次转山，虽然过程痛苦，却总能带给我收获。我经常和我的同事说，痛苦是伟大的前因。转山直接面对生死，是人生中最最伟大的营养，再困难的事情都无法逾越它对我的历练，它让我的内心世界更平静，面对生活更豁达、释然。

如果把人生比作转山，我们常常会在这个过程中遇到艰难险阻和毁誉参半，唯有坚持、忍耐，相信自己能做到，才会抵达成功的彼岸。坚持一次，就能一次改变你人生的风景；坚持无数次，就能无数次改变你人生的风景。

如果有人问我，抵达目的地后，会有什么收获呢？

这让我不由得想起《转山》那部小说，当主人公终于抵达目的地拉萨后，很想在布达拉宫前找一个漂亮的拍摄角度，把自己和陪伴自己几千里路的自行车一起拍进去。

这时候他却略带伤感地说：你想象自己原本会意气风发的模样，却被眼前一脸平静无常的自己推倒那样的想象；你怀疑自己在心底是不是埋藏了敏感而不可透露的深情；你又抽了两根烟，仿佛在等待什么，然而什么也没有。

无论一开始，你是带着怎样虔诚的信仰，或者多么浪漫的想法去走这一遭，到了最后可能是什么都没有，然而也已经什么都有了。因为人生本来就是个过程。你有了这一精神艳遇的过程，就等于有了一切。

曾有人问一位出色的登山家："你为什么要去登山？"

登山家不假思索地回答："因为山在那里啊。"

我的答案和他不一样：山不在那里，而在我心中。不是每个人都有福缘转神山，我去转神山，能去转神山，是神山对我的恩赐，是我灵魂的命令。

转山，远离熟悉的生活，用脚步去丈量，用心去感受，从而重新发现和认识自己。抬起脚步，在转山中感受那震撼和重生。这并非仅仅是身体的旅行，而是一次精神上的修炼，一次心灵上的涅槃。一路所经历的风景，不但入眼，同样入心。

转山，其实就是炼心，让心成为一座神圣的神山，世间一切难事、痛事、苦事就都如浮云！

目录
contents

第一章　神山，我来了

第二章　匍匐在风雪中

第三章　立地成佛吗

第四章　转庙、转湖、转王朝

第五章　转山众生相

第六章　我的转山攻略

第七章　慈善是条朝圣路

HALTI

来自世界各地的信徒怀着最虔诚的朝圣之心，踏上那条蜿蜒曲折的山路，顶礼神山，他们相信这将洗清他们一生的罪孽，还将在轮回中免于堕入地狱，脱离六道轮回，在下一世成佛。

第一章

神山，我来了

我仿佛进入梦境，在千山万壑中，佛光普照，天女散花，梵音袅袅。似乎有种声音从神山的最深处传来，声音是欢迎，是兴奋的召唤。又似乎是从我内心里传出，我有种放肆和不敬的感觉：我来，是因为神山一直在召唤我；我来，是千百世的注定；我来，是因为我有福缘。

拜见神山

我转神山，从头到尾似乎冥冥中就已注定。

我转神山，从头到尾似乎冥冥中就已注定。十四年前，通过朋友的介绍，我认识了我现在的上师泽秀仓活佛。那是个春日融融的上午，上师泽秀仓背对窗户，沐浴在温暖的阳光中。不知为什么，我突然有种神奇的感觉，眼前的场景和上师，我似乎在哪里见过。而这一次不过是重温。尤其是上师泽秀仓，用通俗的说法就是，非常有眼缘。不必之后的倾心而谈，只是第一面，我就已意识到，我和上师泽秀仓以及他的信仰结下了不解之缘。

上师泽秀仓知识渊博，大慈大悲，在他的引导下，我开始循序渐进地了解藏传佛教，并很快皈依了佛门。

十四年前和今日不可同日而语。那时，内地很少有人了解藏传佛教，皈依者更是少之又少。如果你问我，当年毫不犹豫地皈依藏传佛教时的想法，或者说动力是什么，我只能告诉你，我讲不清楚，说不明白。

冥冥之中，似乎有种力量先是牵引，后是指引着我，虔敬地皈依佛门。在上师的指引下，我对藏传佛教从朦胧体悟到渐渐清晰，但总有一种感觉，我的修行体悟总达不到我所希望的境界，似乎走近了，但依然没有走出朦胧的状态。直到遇见神山，冒着生命的危险去转神山，我读懂藏传佛教的时刻才真正开始。

有时候我会想，我能去转神山，除了神秘力量之外，也许和我虔敬地做功课有一点关系，比如磕长头。

磕长头，在很多有关西藏题材的影视作品中都能见到。在藏民看来，磕长头身、口、意三者统一，是最好的修行方法之一。

磕长头五体投地时，是为“身”敬；口中不断诵经，是为“口”敬；心中不断顶礼佛，忏悔自己所累积的业障，是为“意”敬。

磕十万个长头，是藏传佛教里的必修功课。在三年时间里，我完成了这门功课，每天磕长头108个。即使是高烧近40度，即使是凌晨5点之前要赶飞机，即使是出门在外甚至荒郊野岭之地，无论是生病、高烧，无论在哪里，无论时间多么紧迫，我每天都会完成和自己约定的磕长头数量，雷打不动，风雨不变。

我想，我去转神山，跟我虔诚的修行有关系。因为转山，也是虔诚修行的一部分。

2007年夏，北京暑气逼人，西藏拉萨却凉爽一片，但它对我而言，绝非避暑胜地。一下飞机，高反症状就排山倒海般袭来，我头痛欲裂、心跳加速、呼吸困难，整个人感觉轻飘飘的，身边人说话的声音极为空灵，近在眼前，却远在天边。

在酒店休息时，一个朋友对我说：厚霖，已经到这里了，要不要去转神山？

转山，之前听上师泽秀仓谈起过。藏传佛教认为，冈仁波齐是佛教圣地，也是众生修行的必到之地。转一圈，可洗脱一世罪孽，转10圈可以在五百轮回中免除地狱之苦，如果转山108圈便能立地成佛。每年春夏时分，无数信徒从印度、尼泊尔、不丹等国家和全国各大藏区来到阿里地区的冈仁波齐峰下，绕山徒步或磕长头，虔诚地修行。

我摇了摇头。这次来西藏的目的是做慈善，我当时的想法是，看状态，能否顺利完成慈善活动还未知，先全心全意完成这件事再看吧。

慈善活动结束后，我已精疲力竭。每天晚上都要被稀缺的氧气憋醒，我能清楚地听到憋醒后自己的哀鸣。那感觉很奇异，如果你从未去过西藏，无论我怎么说，你都不会有所体会。有一个办法可以让你快速体验到：将塑料袋扎

八年前，我跟师父还都很年轻。

几个孔，套到头上。

同行的朋友仍然保持着刚来的兴奋，其实平原去的人都有高反，只是强弱不同。他怂恿我、鼓励我：应该去转神山。

我不好拂他的意，有气无力地回答，问问我上师吧。上师看着我说：“如果你身体还能承受，去，当然更好了。”我从上师的眼神里看到了担心和期许，不知是哪里来的勇气，我站起来说，那就去。

就这样，我和冈仁波齐的缘分开始了。

从拉萨到冈仁波齐，1200公里，拉萨海拔3650米，路上有几处地方海拔已过5000米。随着海拔的忽高忽低，我的高反症状也深不可测。忽然脑袋里像要爆炸一样，忽然眼珠被挤压得要夺眶而出，忽然胃里一阵翻腾，忽然一口气没有上来，马上要大张嘴巴，急促地来几下深呼吸。

以我多年的经验，在西藏高原上，海拔在3000米之内时，高度每差1000

米，你才会有感觉；海拔3000米到4000米之间的时候，每差300米就会有感觉；海拔过了4000米，每差100米就有感觉了；海拔过了5000米，可能每差10米就会有感觉，你就会感觉含氧量差了很多很多。

经过三天的艰苦跋涉，我们进入了阿里地区普兰县境。今天从拉萨去神山脚下，是非常幸福的，因为一条柏油路从头走到尾。可在当年，从拉萨到神山脚下的路大部分是河床和戈壁滩，雨雪频繁，所以道路泥泞不堪，速度起不来，人在车里坐着，就像是在风猛浪急的海上乘船一样，颠簸和高反联合作用，简直让人生不如死。

在两列山脉之间横空出世一个大湖，这就是藏民们说的圣湖——美丽的玛旁雍错。圣湖背后，喜马拉雅山脉推出一座高大的雪峰——海拔7694米的纳木那尼峰，湖中倒映着它庄重的身躯。

再向前不久，我在昏昏沉沉中突然听到司机用藏式汉语说了两个字：神山。

这两个字如同咒语，我的精神突然振奋起来。我睁开眼，看向车窗外，周围高山林立，山顶白雪皑皑，青云袅袅。司机用下巴指向我的左前方：那里，神山。

我顺着司机的指引看过去，我看到了神山：它在两山之间卓然而立，状似金字塔，头顶冰雪，正对我的这面呈暗紫色，如一面巨大的石镜，平滑而温和。那股傲视一切，君临天下的派头让我惊呆了。在它南面的纳木那尼峰虽然比它高了1000多米，高大、壮实，还很英俊，可在冈仁波齐的神性光辉照耀下，它看起来就像个不成熟的大孩子。

没过几年，我在《岗底斯山海志》中看到这样精彩的片段：“冈仁波齐形如橄榄，山尖如刺、直插云霄，天边的蓝天都刺破了。山峰南面朵朵白云，似向山峰匍匐朝拜，山身如水晶砌成，透亮发光。当日月的光芒照射到冈仁波齐，就会反射出奇异的光芒，并从山的颈项流出清泉，如仙乐般动听。而山脚下的绿草繁花也如同彩裙一般美丽。在高大的冈仁波齐身边，有大小不等的雪峰环绕，如同婀娜的白衣少女鼎立致意。”

这种描述是我所不能的，因为只是瞬间，我身边的一切变得模糊起来。我仿佛进入梦境，在千山万壑中，佛光普照，天女散花，梵音袅袅。似乎有种声音从神山的最深处传来，声音是欢迎，是兴奋的召唤。又似乎是从我内心里传出，我有种放肆和不敬的感觉：我来，是因为神山一直在召唤我；我来，是千百世的注定；我来，是因为我有福缘。

在西藏路上遇到的藏族小女孩，我与西藏的缘分就是从这样的笑脸开始的。

转山，开始

走路，人类最原始最基本的运动方式之一，但现在，它却成了最难的事。

很多和我转山的朋友见到神山冈仁波齐时，都会指着神山南面海拔7694米的纳木那尼峰问道："为什么神山是冈仁波齐，而不是比它高的纳木那尼峰？"

这个问题很多人都问过。如果你问藏民，他们会平静地告诉你："我们这里每座山都是神山。"

如果你再问："那么为什么非要转冈仁波齐？"

藏民就会大为惊讶地看着你，其表情仿佛在说，这怎么会是问题啊："你去问神灵吧，哈哈！"

抛除冈仁波齐宗教神话和传说之外，冈仁波齐的神奇也会让人瞠目结舌。它从四个方向分别流淌出狮泉河、象泉河、孔雀河和马泉河这四大圣河。狮泉河和象泉河是印度河之源，孔雀河是恒河之源，马泉河是雅鲁藏布江之源，一座雪山，成就了南亚三条伟大河流，养育了南亚广袤土地上的人类，也孕育出了河流两岸灿烂的古代文明——古象雄文明、藏族文明、克什米尔文化、印度河流域文明、恒河文明。

300万年前，印度板块开始和亚欧大陆板块亲密接触，两个板块摩擦、挤压、抬升、隆起，孕育出了一块高原，这就是被称为“世界屋脊”的青藏高原。随之而起的是青藏高原南侧边缘的两道褶皱带：喜马拉雅山脉和岗底斯山脉。从人类历史的角度说，两座山脉的进程极其漫长，但在宇宙历史上，它们就是横空出世。

喜马拉雅山更为出类拔萃，它东西绵延2400公里，集中了世界上十座8000米以上的高峰和最高峰珠穆朗玛，成为世界级名山，也成了极限运动探索者向往的圣地。但很少有人知道，在众多虔诚的教徒心中，真正的圣地是和珠穆朗玛峰并肩而立的岗底斯山主峰，海拔6721米的冈仁波齐。

2007年夏天，我正站在它的脚下——一个叫塔钦的小村庄里，敬畏地直视着它的高贵和庄严。塔钦意为“大经旗”，它的身后就是冈仁波齐山，或许正是因为有了冈仁波齐，有那么多虔诚者来转山，才有了这个小村庄。随着转山热潮，塔钦正在成为小镇，夏秋之时，街道上人来人往，当然，最多的还是转山人。

我没有去路上转，自见到神山产生的那种奇幻感觉消失后，我重新陷入高反的旋涡中。在一家叫岗底斯的简陋的旅店中，我躺在床上，高烧、头痛欲裂，像是有人把熔融的铅水灌进了我的耳朵和颅骨里。

今天想来，我当时对转山，甚至是对高原没有任何经验。按常理，从海拔低的地方到高的地方，应该适应几天，直到高反症状减轻，才可以做适量的活动。但第二天，我和上师、两位金刚兄弟，还有两个当地的藏民就开始了转山。

凌晨6点半，我艰难地从床上爬起，小心翼翼地洗漱完毕，出了旅馆的大门，当时太阳正在地平线后面，周围黑漆漆一片，神山就在旅馆的后面，虽然看不清它，可我知道它正在那不动声色地傲视苍生，傲视着我、等待着我。

两位藏民牵了一匹瘦骨嶙峋的马，驮着我们的转山用品。在准备过程中，其中一位突然问我们，怎么转？

我们一愣，当然是用脚转啊，难道骑马不成？

两位藏民马上发现我们是新手，于是向我们解释：从这里到村口，10公里，很多人是不转这一段的，都是坐车到村口。回来的时候看到村口，也不转，让车来接，这段路程大概4公里。也就是说，我们转山只需要转货真价实的四十余公里即可。

我马上反对，这种掐头去尾的方式显然不圆满，要转，就从起点到终点，一个完整的圆才好。

上师泽秀仓同意我的观点，两位金刚兄弟也赞同。就这样，我们从旅店开始走出了第一步。开始的一段路，很好。除了头昏脑涨，呼吸不顺畅之外，不会感到疲惫。因为这段路不但平坦，而且周围有山水可赏，山巅的冰雪在阳光的照射下，发出耀眼的光芒，河水清澈汩汩而流，宽阔的视野，让人心旷神怡，俨然人间仙境。

我们一行如同游客，对着拱卫神山的那些同样威严的山指指点点，欢笑声充斥着整个团队。但不知什么时候，大家的话语越来越少，我能听到的只有耳边呼呼的风声和自己的心跳。

吃力地爬过一个陡坡后，大家坐下来休息。一位金刚兄弟气喘吁吁地说，这个陡坡真难走。两位藏民坏笑了一下，指着绵绵不绝的山那边：还有好多呢。

他说得没错，我们再开始上路时，平地不见，曲曲折折，忽上忽下的路在我们脚下伸展出去，无边无际，终点遥遥无期。

好像每个人都成了哑巴，再也听不到交谈。每个人做的唯一一件事就是走路，一脚迈出，一脚跟上。走路，人类最原始、最基本的运动方式之一，但现在，它却成了最难的事。特别是我，高反症状越来越厉害，高烧让我忽冷忽热，视线模糊，偏偏祸不单行，疲惫又攻击我，每走出一步，感觉都在用尽生平最后一点力量。

绵绵不尽的群山，越来越沉重的脚步，崩溃与放弃的念头也开始绵绵不绝了。

走出20米，我就不得不停下来歇息，因为我感觉怦怦的心跳敲打着肋骨，都快把我的肋骨敲断了。每当我坐下来休息时，藏民就牵着马站在我前面，居高临下地说，不要停、深呼吸、向前走。走走停停，你就走不动了。

当时如果有一点力气，我就会向他做一番深刻的解释：休息是为了更好地前进，磨刀不误砍柴工。站都站不稳，怎么可能走。

很快，我就意识到藏民的话没错，因为几小时过去后，我们才走出几公里，让我疑惑的是，两个藏民也显出疲惫神情来，一行中，只有那匹瘦马看上去还算正常。

我在休息多时，终于有力量说话时，问其中一个藏民：你们拉萨人转山也痛苦？

向导立即摆出极度痛苦的样子说：拉萨海拔低，这里海拔高，当然痛苦。

太阳极不情愿地落下山去，在山顶形成一个巨大的光环，沐浴着我们。我突然想到了一句元曲：古道西风瘦马，小桥流水人家。

“西风”已起，“古道”如沼泽困住我们的脚，那匹“瘦马”迎着落日余晖，欢快地走着。但“小桥”没有，“流水”也远去，“人家”更不用说。2007年时，神山周围还没有建起完备的休息站和旅店，我们的第一顿饭是在路旁，啃着冰冷面包结束的。

当我们抵达神山背后的谷底，也就是卓玛拉山口的脚下，已是晚上7点。由于时差关系，深山周围还天光大亮。我看着眼前的卓玛拉山口，白雪茫茫，几百米的高度差垂直向上。一看天色尚早，我壮了壮胆，问大家：“翻过去吗？”

他们几乎是用同一种眼神示意我：翻吧！

夜过卓玛拉山口

整个身体如同散了架，躺在那里，似乎只有灵魂才是我自己的了。

卓玛拉山口，海拔近5700米，常年积雪，大风。翻越卓玛拉山口是转山中最艰难的路程，很多转山人都倒在了这个山口之下。如果你是第一次到达那里，而且天还亮着，多半会望而生畏，双腿发颤。有人说，转山能否完成在此一举，过了卓玛拉山口，转山才真正开始。

但卓玛拉山口也是每个转山人必定停留之地，据说很多藏民会在卓玛拉山口留下一滴血、一束头发或者一件衣服，表示与苦难诀别，开始新生。

人在很多时候会高估自己，不是因为对自己认识不清，而是对客观条件认识不足。一般情况下，转山者都会选择第二天再翻越卓玛拉山口，一是走了

20多公里的路，需要休息；二是晚上氧气稀薄，高反更严重。在这样的前提下去翻过整个转山过程中海拔最高、难度最大的卓玛拉，实在是很不明智。

我清楚地记得，我们的衣服特别单薄，狂风撕扯着脸，犹如刀割；其次是黑暗，由于是第一次来，没有经验，所以带的照明设备极其简单；最后则是人人皆知的常识：山路崎岖，即使白天翻山都有难度，何况是伸手不见五指的茫茫黑夜！

转山这一天来，我虽然极度痛苦和疲惫，但不知为什么，越是这样，我就越亢奋，越觉得值。这一天来，我有无数次放弃，可“我不转了”这句话一到嘴边，马上又无影无踪。也许我在坚守尊严，也许我一向就毅力顽强，所以绝不放弃。但当你在行进的路上，已浑浑噩噩，都有轻生的念头时，却还坚持，这就不是尊严和毅力所能解释的了。

也许，我想多了：是不是神山照顾着我，是它给了我坚持下来的力量？！

我看向深山的背后，一片黑暗。就在那庄严的黑暗中，神山平静地注视着我。我向着卓玛拉山口的方向，振奋地迈出了第一步！

从神山背后的谷地到卓玛拉山口，共有三个陡坡。当然，这也是后来才知道的，因为当时照明不足，我们根本不知道翻了多少个陡坡。虽然看不见，却能感受得到。翻第一个陡坡时，前脚迈出，后脚死活都不肯跟上来。我的意志已无法驾驭我的脚，借助藏民手电筒流出的微弱光线，我看到我的两只脚狰狞地盯着我，露出无赖的样子，好像是在警告我：你再让我挪一下，我就死给你看！

我咬牙切齿，心脏如快板敲打着腔骨，如蜥蜴一样“咻咻”喘气，用微乎其微的意志几乎是祈求我的脚向前挪。每走出半步，一个声音就冲进我的耳鼓：我不走了。每走出一步，这个声音就痛彻心扉地喊：我要完了！

千百次的崩溃和绝望，千万次的坚持，半步、一步、两步，终于听到一位藏民像岔气一样的声音传来：一……个……坡。

“一个坡？”我的一位金刚兄弟气急败坏，“还有几个？”

藏民的手电筒光照过来，我看到我的哈气在光柱上惨白如纸，分外显眼：“两个！”藏民呼咻呼咻地说。

坚持，我心里说，一定要坚持，神山会永远眷顾那些坚持下来的人。

我去找神山，山在虚无缥缈的夜色间。但藏民模棱两可地指着一个方向说，神山。我于是对着那个方向跪下去，磕长头，向它虔诚地祈祷，我当时意识模糊，嘴巴冻得僵硬，连六字真言可能都念错了。

奇异的是，磕长头时，我一点都没有感觉到走路时的痛苦，而且有生以来，内心第一次是那么平静。我静坐在那里，仿佛像脱离了万有引力一样，感觉身体在渐渐升起，严寒不再，呼吸顺畅，头脑沁人地清醒。

我不知道这是意识模糊，还是神山在眷顾我，也不知道是什么时候，我从这种神仙般的状态中清醒过来，看到藏民如骆驼腿一样的大鞋，还有厚厚的羽绒服。他站在我眼前，说了两个字：走了。

我一站起，猛然发现自己身处另外一个世界：手电筒的微光下，雪花漫天飞舞，巨石丛生，冷空气钻进我的肺，在里面翻腾，周围如同冰窖。

几年后，我从多次转山的经历中得出这样一个真理：当你转到严酷之地时，身边无论有多少人，你都感觉不到。你总有种“绝世而独立”的超然感。你所能感觉到的只有粗重的喘气和内心从未有过的平静。中国传统哲学说，人心所以平静，是因你心无杂念。心无杂念有两种情况，一种是入定，一种是专注于某一件事。我以为，转山过程中，这两种情况并驾齐驱，你就是在“入定”，这可能是神山的恩赐，你就是在专注于一件事：行走。

我的金刚兄弟走不动了，两个藏民把她放到马上，先走。因为骑马，自然比我们走得快，我和上师怕她等，所以铆足力气加快脚步；而她也担心我们赶得太辛苦，总是停下来在寒风中等；就这样走走停停，你追我等，虽然步履维艰，寒风刺骨却也温暖。然而，凌晨过后，绝非人可以承受的寒冷，一望无际的黑暗，筋疲力尽的身躯，再次让我痛不欲生。我的气息越来越差，几乎走五步就要停下来，为了使心脏跳动减缓，我和上师把大量的速效救心丸扔进口中，在行进途中，我根本不知道吃了多少，翻过山口，抵达第一个休息站时，我才知道，两盒救心丸，已所剩无几！

实际上，我和上师根本不知道是否翻过了山口，因为翻过陡峭的卓玛拉三道山口后，还有一段陡峭的路，我们在黑暗中，凭着感觉一步一步地向前走，很有“盲人骑瞎马，夜半临池”的惊悚感觉。这种惊悚感觉直到看到一缕微弱的灯光时，才宣告结束。

而当时，已经是凌晨3点。原本五小时能翻越的卓玛拉山口，我们整整花了八个小时。

在荒山野岭中看到灯光，就如在惊涛骇浪、苍茫无垠的大海上看到灯塔一样，我和上师突然恢复了力气，这大概就是指引的力量，也是人在看到希望时不由自主地迸发出来的神奇力量，我们加快了脚步，向那灯光走去。

灯光是从一顶破败不堪的帐篷中发出的，帐篷很小，只有10平方米的样子，里面却拥挤躺倒了30多人！不客气地说，帐篷里是惨烈战役结束后堆摆尸体的场景。我好不容易在人堆里挤出一个空隙，急忙躺了下去，如果动作稍慢，那个空隙就会消失不见。为了节省空间，睡倒的人都是重叠式，外面狂风肆虐，却丝毫吹不去帐篷里污浊的空气，脚臭、体臭，被子呛人的气味，持续不断地涌来涌去。

但是，我实在太疲惫，也不知道压着谁的脸、谁的脚，倒下后，连正眼看一下周围的力气都没有。整个身体如同散了架，躺在那里，似乎只有灵魂才是我自己的了。

在痛苦的睡梦中，感觉脸上有东西爬过，好像是有人把一个小毛绒玩具放到了我脸上。我勉强睁开眼，那东西挡住了我的视线，我挥舞了一下，看到了它：一只身体比筷子还长的老鼠，慢悠悠地从我脸边姗姗而走。平日里，我是最怕老鼠的人，如果有人把一只老鼠放我眼前，我会汗毛倒竖，魂飞魄散。但在那时，我连眼皮都懒得抬一下，安然闭上眼。

快到了，快到了

世界上最远的距离不是生和死，而是从神山的卓玛拉山口到塔钦村口。

当我们第二天回首卓玛拉山口时，不禁大吃一惊，几乎垂直的角度，我们昨天晚上居然就是从那里翻过来的！我很难想象，如果翻越山口时天是亮的，或者说我看到这么惊险，我还会不会、能不能翻越？

而另一件让我大吃一惊也让我愧疚的是，我的上师居然在帐篷外度过了最难熬的一晚。当我走出帐篷的一刻，上师正在打坐，我才意识到，当帐篷里再也无法多装一个人的时候，是上师主动走了出去。上师的慈悲让我感动万分。

过了卓玛拉山口，离终点还有20多公里的路。上路时，我问那两个藏民：这段路不会有危险了吧？

毫无希望可言，每走出一步，仿佛在走向绝望，而你又不得不走。

两个藏民笑起来，真诚地说：没有，一点都没有。

我的心放了下来，居然稍有点兴奋地上路了。

前方一片坦途，眼界无限宽阔，可能正是如此，所以你看不到尽头，看不到尽头，自然就激不起斗志，于是，慢慢地，疲惫、沮丧袭上来。人生恐怕也是如此，我们能在惊涛骇浪中奋勇向前，克服一切困难，但往往在平坦的路上丧失斗志，最后活生生地被看上去平稳的生活所击败。

走了大概一小时，眼前的景物几乎没有任何改变，一望无际的路，周围还是一小时前的那些山、那些水。

那种感觉就像是走在太空中，前不着村后不着店，你也不知道你走了多久，甚至不知道你是否在走，因为每当你问身边的藏民时，他都告诉你，快到了。你问10遍，他给你的答案就是10次“快到了”。

毫无希望可言，每走出一步，仿佛在走向绝望，而你又不得不走。那个渺茫的目的地似乎永远都到不了，可你还是要向前走。也不知道走了多久，更不知道是什么时候，我们终于看到了村口。

这是快要到了吗?

未必，因为当你问藏民时，他还是那三个字：快到了。

我们看着村口向前走，可村口像是会移动一样，我们走一步，它就向后退一步。眼睁睁地看着它近在眼前，却远在天边。困倦、疲惫和钻进身体的风干扰着我们的步伐，于是在每个人的心里，就有了下面气急败坏地质问：怎么还不到?

怎么还不到？！

“快到了！”藏民在我们发出质问的声音时，总是这句干净利落的回答。

太阳攀到高峰，开始向西方滑落，村口还在那里，远远地看着我们，对我们不离不弃。最后一点力气，已经用尽，我的头是在脑震荡和宿醉之间的感觉，全凭最原始的本能，身不由己地向前走。

怎么还不到？！

不是说只有十几公里吗，怎么还不到？！

“快到了。”藏民回答，在整个转山途中，“快到了”是我听到的次数最多的话。

直到那时，我想明白了两件事。第一，转山中最艰难的就是这段看似最容易的路；第二，世界上最远的距离不是生和死，而是从神山的卓玛拉山口到塔钦村口。

大概五个小时后，我们终于挪到村口，已经没有呼出一口长气的力气。我晕头转向，走进旅店后，倒在床上，在闭上眼睛之前，我发誓：就是狼来了，我也不起来。

自进西藏以来，我的睡眠质量奇差无比，几分钟就会被缺氧憋醒，但那天，我睡得很香甜，这是神山给我的奖赏。第二天醒来时，我头痛欲裂，浑身酸麻，特别是脚上，磨起了两个晶莹剔透的水疱，如同水晶。我这才想起，脚并没有食言，它虽然没有去死，可用水疱报复了我。

第二天离开时，我望着神山，一种难以名状的感觉袭上心头。转山过程中所有的痛苦和崩溃，我一点都记不起来，我所能记得的就是平静和祥和。我看着神山，莫名其妙地流下眼泪，是那种说不清道不明，却只有我和神山才能懂得的眼泪。

金刚兄弟坐在车里，嘀咕着：死都不来了。

然后扭头看向我：你呢？

我看着神山，什么都没说。

风马旗别称五彩经幡，是青藏高原上一道独特的风景。行走在高原上，人们随处都能见到一串串、一丛丛色彩斑斓的风马旗。这些旗帜上印有八字真言或六字真言等经咒图像，因画有风马一只，故得名“风马旗”。风马旗寓意把祷文藉风马传播各处，故有信仰之人路过这些地方时，都要磕头致意。

第二章

匍匐在风雪中

人世间有很多情感上的事情是说不清道不明的，比如神山对我的吸引。自离开神山后，我时刻都会想到它，也终于明白了牵肠挂肚是什么感觉。也许，神山在千里之外也在牵挂着我。在这种朦胧的感觉下，就有了比2007年更险象环生的2008年风雪转神山。

在风雪中

一脚下去，扑通一声，整个人掉进雪里。

世间很多事情都有双面性，你看到的只是你想看，或者你知道的一面。但永远有另一面是你看不到或不知道的。当你事业有多成功、生活有多光鲜，背后就一定有多大的付出；同理，当你有多痛苦，你另一面的收获也将有多宝贵。很多人不理解，“你已经有相对成功的事业，本可以去享受人生、享受生活，为什么还要一次又一次地去转山？去经历那痛苦甚至有生命危险的体验？”其实，这正是硬币的两面，转山时有痛苦的一面，但背后也一定有一个巨大的精神财富支撑着我。

我说不清这是一种怎样的财富，但它有一种力量，我能真实感受到的力量。以至于我觉得转山已经成为我生命和灵魂中的一部分，就像吃饭、睡觉，自然而然，不可缺少。自离开神山后，我时刻都会想到它，也终于明白了牵肠挂肚是什么感觉。也许，神山在千里之外也在牵挂着我。在这种朦胧的感觉下，就有了比2007年更险象环生的2008年风雪中转神山。

临行前，我四处鼓动朋友们，但没有人去。他们的理由是，忙。我说，你们在人生路上走得太快，应该慢下来，听听自己的心跳，回首最温柔的往事，而这一切，都能在转山过程中实现。

依然没有人和我去，一位朋友说，不是我不虔诚，我是被你上次回来后说的情景吓着了，所以，我不敢去。

最后，还是上师陪我去。

我个人认为，人类是适应力最强大的动物，所以2008年去西藏前，因为有了前一年的高反体验，我以为自己已适应高反，至少，不会像上次那么严重。然而在拉萨贡嘎机场一落地，高反症状马上附体，低烧迅速演变为高烧，头痛欲裂，嘴唇发紫、心跳加速，步履轻飘，如同踩到了棉花堆。

我和上师在拉萨休整了三天，我发现自己即使休整一年，只要是在高原，高反症状就不可能离我而去，甚至都不会怜悯我一点，使我的痛苦稍有缓解。于是我决定，就带着痛苦去转山。当然，我思念神山，感觉到神山在呼唤我，也是我迫不及待地想即刻去转山的原因。

我们在路上颠簸了三天两夜，才抵达神山脚下，当天夜里休息时，还感觉天旋地转。比这还让人沮丧的是，当时已是10月，大雪已开始封山。就在旅店休整时，已经陆续有人从原路返回旅店，他们告诉我，神山背后已是冰雪世界，根本不适合转了。

我不禁回想去年的转山之路，那是转山最好的时间，而我们所遇到的艰难已无法想象，现在的情形，不必多想，一定是条更为艰险的路。

我犹豫起来，并非是为我自己，而是担心上师。上师似乎看出了我的担忧，他说，别担心我，你要是想转，我就陪你转。

现在想来，当时有点意气用事，明知道大雪封山，亲眼看到很多转山客纷纷折回，却还要去转，这简直就是拿生命开玩笑。我不知道当时自己为什么会那么坚决，也许是已经到了神山脚下，心有不甘，也许是潜意识里认为神山会保佑我们，不论是哪种想法，第二天凌晨，我、上师和两个藏民满怀信心地上路了。

在去往神山背后的路上，看到了大批转山客折返，其中有高大健硕的西方人、精干的印度人，他们用蹩脚的汉语警告我们，不要去了，神山背后全是冰雪，寸步难行。

一个困难，一个人对你说，你可能没有感觉，10个人对你说，你还可以置若罔闻，可100个人对你说时，你可就有想法了。我没有金刚之躯，也不会呼风唤雨，听了很多这样的话后，偶尔会犯嘀咕。可一想到神山的傲然身姿就在前面，我又把退缩的心猛地收起。为了给自己增添勇气，我问两个藏民：真有那么难吗？你们在十月份没有转过山吗？

两个藏民见多识广，摸了摸脑袋，想了一下，犹豫地说，应该没有那么难吧，十月份来转山的人，应该也有吧。

雪有多厚，这张图说明一切。

好！我心里想，他们敢转，我就敢！

转到神山背后时，2007年的惨痛经验提醒我，要原地休息，第二天再转。那一晚，我听着外面肆虐的狂风，无动于衷。我的心情还出奇地好，因为我们已经转一半了！

睡前，我和上师与两位藏民朋友制订了明天的计划，两位藏民说，凌晨4点就要出发。

我大惑不解，为什么这么早？

藏民说，从这里到卓玛拉山口都是冰雪，在冰上行走本来速度就慢，而且雪一般都有几尺，甚至1米厚，夹杂在乱石当中。如果我们不能在上午11点翻过山口，冰雪那时就化了，下山那段路根本走不了，上一脚是雪，下一脚是石头不说，很多地方看着是雪，踩上去就是个陷阱。

我当时对藏民的话理解很随意，向来谨慎的上师说，还是听他们的，咱们4点出发。

4点出发，其实都晚了。由于当时太阳还没出来，从神山背后的旅店到卓玛拉山口，一片冰天雪地。走在冰上，重心稍不稳，就是一个趔趄。

大多数北方人都有在冰上走路的经验，那真是如临深渊、如履薄冰的感觉，温度又低，寒风如刀子一样刺在脸上，每走一步，下一步就不知该怎么走。

因为有冰的缘故，平时三小时的路，我们走了6个小时，11点时，还未到山口。两个藏民脸上呈现着焦急的颜色，催促我们加快脚步。我不知道他们为什么这么着急，跟他们解释说，真的走不起来。慢慢地，我们被两位藏民落下很远。我们眼睁睁地看着他们的背影在山口消失，心里并没有慌，只是莫名其妙为什么这么心急？直到我和上师快到山顶，脚下的冰冒出水来后，我才隐约感觉到，两个藏民快步走的原因：冰已融化，如果你停下来，静静地听，就能听见冰下面有水在汩汩流淌。这时候还不走，很可能会有生命危险。我这才明白两位藏民着急的原因。到达山顶，向下看，一片银色世界，我用脚试了下雪的硬度，一脚踩空，腰以下全都在雪里了。

上师好像吃了一惊，急忙去拽我，我在上师的帮助下，从里面爬了出来。放眼望去，下山的路好长好长，全是正在融化的雪，雪上偶尔有露出头的石头，据藏民说，那石头只是冰山一角，有一人多高，可以想见，当时的雪有

山石再加上厚厚的积雪，2008年的转山，是深一脚浅一脚忐忑着走出来的。

多厚。

我站在山顶，俯瞰山下，狂风起来，吹起纷飞雪花，眼前白茫茫一片，不知道那两个藏民在哪里，我终于彻底明白，他们最担心的就是雪融化后，难以走出去。

我和上师对望了一眼，大家心照不宣：肯定要继续走下去，无论前面是刀山火海，因为已经到了这里，就没有返回的道理。况且，返回的路比前行的路容易不到哪去。

这段下山的路，说用“走”，显然不适合，我和上师几乎就是“爬”过去的。一脚下去，扑通一声，整个人掉进雪里，上师在后面站在石头上，惊慌地喊：没事吧？快，把手给我。

我把手伸给上师，上师用尽浑身力气，把我拽到石头上，我站稳后，上

下山的路，脚边就是深渊，要走下去，需要得不仅仅是胆量，还有细致和耐心。

师向前，一脚下去，整个人消失了一半。我也惊慌起来，去拽上师。就这样，我和上师像是完成一个机械动作一样，我把他从冰雪窟窿里拽出，他又把我从冰雪窟窿里拽出，到后来，连站的地方都没有了，我们从冰雪窟窿里出来后，就用“爬”的方式前进。

这种方式提高了安全性，可速度明显减慢，而且非常消耗体力。从凌晨4点到中午时分，我们什么都没吃，所有吃的东西都在两个藏民身上，渴了就吃雪，饿了，什么都没有。我摸遍全身，奇迹出现：摸出了一个小苹果，是西藏当地的小苹果，特别瓷实，以我当时的状况，这种小苹果，我能一口气吃掉10个。我先给上师，上师从嘴边过了一下，放到我手中时，我发现苹果毫发无损，再仔细看，才能看到如瓜子大的一块咬痕。

上师说，你吃。

我的眼泪要流了下来，看着上师，轻轻地咬了一口。这个小苹果，直到

这就是那个最终也没有吃完的小苹果。

我们11个小时后下了山，还剩一半。虽然只是一个小苹果，但在那时候它就是幸福和希望的源泉，舔一下，感觉像是在沙漠中遇到了甘泉一样。那种甘甜的滋味过了半个小时，仍然会在嘴中回味。那时候，我们都需要靠它来维系生存的希望，同时我们又都舍不得去啃。就这样，我们咬了很多次，它就像有了魔力，怎么吃都吃不完。

下山那段路，只有五公里，我们走了接近十二小时，确切地说，是“爬”了十二小时。那时天已完全黑下来，唯一能感觉到的就是耳边狂风吹起的冷酷雪花和上师急促的呼吸。我们就像是一对落难的父子，互相搀扶着，紧紧依偎着，埋头向前挪着如灌了铅一样的双腿。

眼前无边的黑暗带来压抑沉重的气氛，我不知道要走到哪里去，要走多久，我知道前面还有很长的一段路，一想到这段路，一闻到狂风卷起冰雪的叹息声，我的绝望情绪顿生。我用了最大的意志力把这种情绪好不容易排除出去，可它很快又回来。

其实今天想来，黑夜并不可怕，狂风肆虐的黑夜也不可怕。一切外部环境其实都不可怕，真正可怕的是让你看不到希望，你耳闻目睹的全是绝望。记得刚创业那会，因为工作压力，当某些项目不顺时，整宿整宿地失眠，大概也是这种情况。但只要你不放弃自我，甚至把绝望当希望来过，总是能挺过去的。

就在我和上师疲惫地摸索在黑暗中时，突然前方飘忽来一点光芒，耳边响起了时断时续的琴声。我当时的心情真的无以言表，寻着那微弱的光芒和琴声，我们的脚步快了起来。光芒越来越亮，琴声越来越清晰可闻，把整个暗夜的恐惧与绝望逼退了。最后，我们看到了两个人影，在一盏灯下飘忽游荡，是那两个藏民！

原来，他们先到了山顶之后，等了我们许久，看我们仍然未到，知道不能再等了，于是拿上东西就先下山了。走下山后，又等了我们很久，但一直等到天黑都没有看到我们。他们就一直向前，在一个帐篷里歇息了一会儿，然后挑起灯，拿起琴，灌了一壶热酥油茶，前来接应我们。借着灯光，我看到他们愧疚的眼神和满脸的歉意。

我被两位藏民的行为所感动，忘记了周围的寒冷，忘记了还有很长的一段路要走。我抱住他们，很想大哭一场。

两个藏民先让我们喝了热热的酥油茶，然后搀扶着我们走向他们休息的帐篷。一进帐篷，我和上师就躺倒在地，居然欢笑起来，是那种绝处逢生的欣

2008年，和上师再一次圆满完成转山之旅，我们都很高兴，中间拿着琴的是彭措。

慰之笑。

帐篷并不完美，外面的大风撕扯着帐篷两块薄薄的帘子，发出凄惨的声音，犹如孤魂野鬼在哭泣。我们蜷缩起来，保持着呼吸最顺畅的姿势，可稍有困意来袭，就被缺氧赶走，那种迅疾进入梦乡又马上被憋醒的情形让人生不如死。

其中一个叫彭措的藏民此时显示了他的重要，他弹起琴，琴声盖住了暴风的声音，渐渐地把我们送进梦乡。后半夜，或许是没有了琴声的缘故，我被憋醒，风停雪住，我悄悄地走出帐篷，像是穿越进了冰川时代。

那是一幅我永生难忘的情景：星空和神山清晰可见，无数星星离你的头顶是那么近，几乎伸手就能摘到它。神山从容地矗立在那里，石壁发出点点星光，梦幻般的场景，恐怕只有在冈仁波齐，只有勇敢的人才能见到。

那天夜里还有件事值得一提，彭措的琴声引来了几匹“狼”，它们的叫声浑厚又凄厉，让人头皮发麻。我当时想，在高原上，狼会不会有高反，如果有高反，它的叫声肯定是在发泄痛苦。如果它们已经适应了高反，那应该是世界上最强大的狼。据藏民们说，神山背后有一种神兽，相貌如豹，吼声如雷，而且精通人语。有时候，它闲得发慌，就会站在帐篷外，叫你的名字——天知道它是怎么知道你名字的——你千万不要答应，一旦应答，它就会冲进帐篷把你吃掉。

我问彭措，这是传说吧。神兽可能就是狼。

彭措一本正经地摇头，大惊小怪地说，神兽的，有！

我只好同意他的见解，因为深不可测的神山周边，必有深不可测的事物。只是，再凶猛的动物都挡不住我的困意，连怕的力气都没有了，还有什么可顾忌呢？我看着手边仅剩的一个被我分了几十次都舍不得吃完的苹果，想到平日里意气风发的自己，想到在公司里每个人都尊称我一声“李总”的自己，伴随着帐篷外的狼叫声，思绪万千。

第二天的路，虽然和第一次转山时一样漫长，无数次的崩溃，无数次的希望和绝望的不停转换，但因为有昨天在风雪中的惨痛经历，这条路似乎就不算什么了。

这是我第二次转山，十二分的惊险，付出了比前一次数倍的努力，最终圆满。可那天夜里在塔钦的旅馆中忍受高反折磨时，我没有任何狂喜，甚至连高兴都没有。想起让本来并不太需要转山的上师经历了这般危险，我感到非常愧疚。同时，上师对我的关爱和慈悲，让我顶礼和敬重。我的前四次转山，都

藏民相信，在神山天上飞的鸟，地上的各种动物都是诸位神灵的化身。

是由上师陪同去的，他就这样陪着我，直到我对转山轻车熟路。

突然，有这样一种感觉充盈了我的大脑：我转山，是我分内之事，它只是我修行路上的一小段修行而已，根本没必要为胜利洒下感情之光。说到感情，我对神山更加浓厚，离开时，我对着它虔诚地朝拜，心里默默地说，明年再会。

当然，我也明白，以后再也不会在封山后转山了。可是，神山像是考验我一样，三年后的2011年，我又一次面对封山，又一次毫无顾虑地走进风雪中。

走火入魔

我无法拒绝神山，正如我无法拒绝内心的良知一样。

从2007年到2011年，转山次数越来越多，但困难并没有随着经验的增加而减少。

哲学家说，人最莫名其妙的地方就是在同一个地方犯两次错误。我却觉得，犯这种错误有两种原因，一种是无奈之举，一种是好了伤疤忘了痛。2011年的风雪即将来临时的转山，可谓二者兼备。

说是无奈之举，因为那年我们在大雪未封山时就已经到了西藏，可就在西藏休整期间，家里出了点事，转山固然重要，可家庭同样重要，我无奈之下回了北京，处理完事后，离大雪封山只有几天的时间。我几乎没有做任何思

2011年前的四次转山，都是师父陪同一起转的，2011年是第一次没有师父陪同下去转山。

考，就坚决地去了西藏。

当时的想法在今天看来很天真：我已经连续转了四年，不能因为大雪就中断一年，同时又想，已经有在风雪中转山的经验，相信这次就不会那么难了。

为了节省时间，赶在大雪封山前转山，我从北京直飞成都，又从成都直飞阿里，对我这个高反重度患者，这是玩命，从平原到盆地倒还好，可从盆地在短短几个小时突然到海拔5000多米的高原，纵然是高反症状轻微的人，也受不了。

就在阿里落地，舱门打开的刹那，诡异的一幕出现了：我的脸如同气球一样被吹起来，我分明能感觉到脸在慢慢膨胀，膨胀到不用镜子就能看到两腮的程度。几乎没有给我片刻的适应过程，头剧烈地爆炸似的疼痛起来，嘴唇像

转山多年，每次都经历严重的高原反应，但2011年这次绝对是最刻骨铭心的一次，膨胀的脸就是最好的证明。

是涂抹了紫色唇膏一样开始迅速发黑。

抵达神山脚下，前几年要休整至少两天，而那一次我只适应了一天，就和一个助手踏上了转山之路。高烧，从未有过的头痛开始攻击我，还没有走出村口，我就感觉到天昏地暗。显然，这是没有充足的休整时间造成的。

那次转山，因为抢时间，未遇到现实中的风雪，但比遇到风雪还要艰难。第一天里，我的头痛就使我眼前昏花，眉头一直锁着，为了缓解疼痛，每隔三小时就吃一片退烧药，治疗头疼的冲剂更是一天吃了十几袋。这种药，只能缓解头痛，并不能治愈，而且它的副作用极大。可为了成功转完神山，我当时没有顾忌那么多。当时心里只有一个想法：只要能转完神山，吃什么都可以。

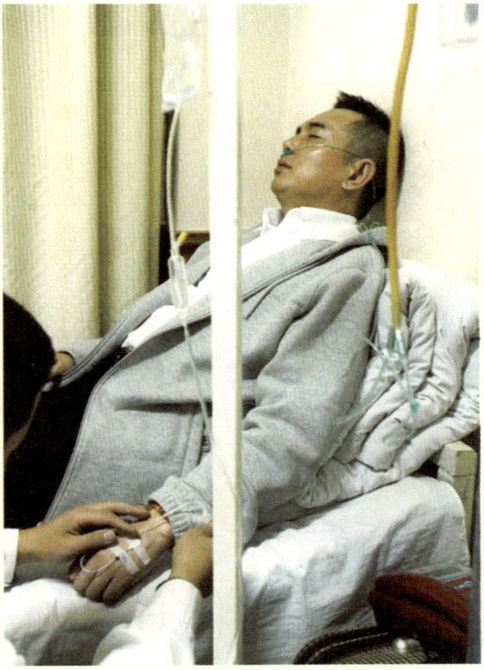

转山过程中，因为高原反应而不得不吸氧、挂吊瓶，吃大量的药物支撑，这给我的身体造成了很大的负担。

当天夜里在垭口脚下的旅店休息时，我头痛、高烧得几乎是人事不知。

助手慌慌张张地搬来氧气罐，而我连拿起氧气罩的力气都没有了。我睁开眼，就那么看着氧气，眼前幻觉连连，一会儿是神山，一会儿是上师，一会儿又是我的家人，一会儿是魔鬼。所有出现的事物都像幻灯片，毫无联系、毫无规律地在我眼前剧烈地晃动，我连把它们拼凑到一起的力气都没有。意识似乎又清醒又不清醒，清醒是因为那一刻我真切地感受到了死亡的临近，那种恐惧感震慑着我的脑海，仿佛有个魔鬼要带走我，而我就在那里看着，没有丝毫力气反抗。

所有的一切化成了一个念头：我不想死！

但很快，这个念头也消失不见了。我感觉眼前一黑，隐约间助手的面孔又模糊地出现在我面前……

助手帮我吸上氧气。这时候我那几乎开始丧失的意识只剩下感受周围的声音了，耳膜一直在震动，是我自己在说话吗？还是助手在身边呼唤我？

后来，我听助手说，当时我在说胡话。我隐约感觉自己也听见了，但一句是一句，前句和后句毫不搭边。

这就是传说中的走火入魔？！

不知道过了多久，大概是氧气起了作用，我可以控制自己的意识了。我当时想，人死的刹那可能就是这样的吧，看到很多幻境，说着连自己都听不懂的话，然后魂魄慢慢离开肉身，飞向开满莲花的天空，飞得连最快的鸟儿都追不上我了。我想，我的魂魄可能在离开肉身的时刻，会回头看一眼，我那时会看见一具尸体，肿胀着脸，嘴唇青紫，微闭着眼睛，浑身尘土，躺在床上，那应该就是我吧！

我想象这种情景的出现，但幻灯片渐渐慢了下来，我的话也渐渐少了，最后这一切都凭空消失，就如肥皂泡在空中消失一样，我没有见到开满莲花的天空，也没有看到我的尸体。

我欣慰地笑了笑，我想，我还没有死。

两个多小时后，我渐渐苏醒，如同从沉睡中苏醒过来。我看到助手在我身边一脸的紧张，额头上全是汗。他后来说，我的胡言乱语快把他吓死了。

我看到他，看到了现实世界，如释重负地笑了，还开了句玩笑：来转山，居然转走火入魔了。

助手也笑了。其实我知道，这种玩笑无论是对他还是对我，都太残酷了。

而那时在我的心里，那种恐惧感仍然没有完全消退，我之所以开玩笑，也许只是为了掩饰自己的恐惧吧。那一刻，一股寒意从我脚跟一直窜上来。我的不谨慎，操之过急，不仅将我自己置身于危险之中，也给陪我同去的助手等人带来了很大的麻烦。这让我开始感到后悔。

回北京后，我的身体始终没有恢复过来，去看医生，讲了那天胡言乱语的情况。医生盯着我，如同在看一件出土怪物，看了好久，才说，你知道那是什么吗？那叫脑水肿，一旦脑水肿，三小时内不吸氧、不吊水，这个世界上就再也没有你了。

我露出侥幸的一笑，心里却后怕得要命。

我深深地自责，自己太任性，太不负责，竟然这么拿生命开玩笑！以后再也不能这么做了。

信仰的力量真的大到值得让我用自己的生命来虔敬吗？神山的魅力真的大到让我肯为它拿着生命去冒险？

我的脑海里突然闪出来这两个念头。

我没有死，是命大吗？神山已眷顾我一次，在风雪中生还，又照顾了我一次，在脑水肿中复活，可如果我自己不懂得珍惜自己，上天还会一而再再而三地保佑我吗？！

这个问题，我没有答案。2012年，我被检查出高血压。我确信的一点是，它和我前一年的转山有毋庸置疑的关系，大量服用缓解头痛的药物和高反症状的侵袭，使我的身体受了伤害。然而，我没有任何抱怨，也毫无沮丧。除了医生的一句话让我感到有一点小难过外，我还想着去转山。

医生说，以你现在的血压情况，如果再去转山，会非常危险。你现在唯一要做的事就是，别去转山，甚至最好连高原也别去。

我不可能不去，纵然我不想去，神山也会召唤我去。我无法拒绝神山，正如我无法拒绝内心的良知一样。所以，2013年我去了，2014年，我又去了。查出高血压后，我一直采用中药保守治疗，为了去转山，2014年，我开始吃西药。稍有医学常识的人都知道，高血压吃上西药，就再也停不下来。而且长期服用治疗高血压的药物也有一定的副作用，对健康有一定程度的伤害。然而，这些危险和转山相比，实在是微不足道。

发脾气，是因为在意

从发脾气这一事上来看，转山八年是纠结的八年。

我的家人、朋友和同事都知道我脾气很臭，我不否认这一点。但让我很痛苦的是，在转山时，我也发脾气，而且比平时更厉害。曾有位朋友就在神山脚下，气急败坏地对当时大发雷霆的我说，你在如此神圣的地方发这样大的脾气，难道这就是对神山的虔敬吗？

乍听上去，他的话很有道理。我来转山，是来对神山表示虔敬之心的，是它的眷顾，才让我有机会站在这块神圣庄严之地，而我，却如此大不敬，就在它面前，肆无忌惮地冒犯它。我当然知道这是不对的，每次来神山的路上，我也总告诫自己，甚至是发誓，这次绝不会在神山脚下发脾气。可是，每次都事与愿违，我控制不住自己。而我控制不住自己的根本原因是，我太在意！

我特别在意和我去转山的同伴的安危，平均海拔5000多米的地方和平原截然不同，高反是会要人命的，因为我经常去转山，已经积累了很多生存经验，所以当有人大大咧咧，不把我苦口婆心的告诫放在心上时，我就会异常愤怒。这缘于一个人最基本的素质：责任。他们是跟着我来转山的，我不能让他们出任何意外，如果真的出了意外，不必说如何向他们的家人和朋友交代，我连自己这关都过不去！

我也在意我自己的转山，每年去转山，因为高反的折磨，而且当地的生存条件的确艰苦，所以我都是小心翼翼，一切都要安排妥当，特别担心哪一个地方出了问题，导致我无法圆满地完成转山。这种对转山顺利的极度重视，让我异常焦虑、紧张，稍有哪个地方没有达到我的要求，我就会大发雷霆。

佛教思想认为，一个人所以愤怒，是因为当你面对恐惧和别人让你失望时，你会不由自主地抵抗，甚至是进攻。无论是抵抗还是进攻，你的内心必然会紧张，当你内心不够放松时，愤怒就凭空而生。这种愤怒是你无法控制的，如果真能控制，说明你还不太在意使你愤怒的事情本身。

那么，是不是说，转山对我的坏脾气毫无修正呢？

绝不是！

恰好相反，虽然每次去转山都会发脾气，而且是大脾气，但我却在八年的转山过程中彻悟了下面这些道理。

每次在转山时发脾气，都如梵钟一样震撼着我，它提醒我，你的修行还不够，你面对事情时内心还不平静，不够放松。正是在这种提醒下，我在修行上更加虔敬，努力改正，所以，同样一件错事，这次我会怒发冲冠，而下一次它重现时，我会一笑置之，甚至还会对从前居然对这样一件事发脾气而感到好笑。

从发脾气这一事上来看，转山八年是纠结的八年。每次发完脾气，我都会悔恨，立誓要改，可下一次，还是会发，还是会悔恨，还立誓要改，这种往复循环的纠结足以让人内心不宁，心情低落。本来，修行的目的是为了让自己获得内心的安宁，可最终却是背道而驰！

原因只有一个：我太在意转山！

这是对还是错，我不知道。我只知道，现在的我有一种智慧，就是在马上要发脾气的时候，会迅速让内心平静下来，放松，一直放松，到最后，整个心空了，隐而未发的怒气则烟消云散。

这种智慧从哪里来，我想，除了是神山赐予我的，似乎没有其他的答案。当然，这种智慧不是每次都产生效果，或许，神山赐予我的还不够，因为我的修行还不够，所以，我要更加虔敬、努力地去修行！

未发出的遗言

她发现四下无人，只剩苍茫天地，不由得恐惧起来。

2009年秋，和几个同事在阿里做完慈善后，我第三次来到神山。来神山之前，我对几个高反依然严重的同事说，在高反的侵袭下转山，痛苦程度和危险程度很大，大家如果下了决心去转山，那一定要做好思想准备。

他们却说，跟着你，我们什么都不怕。他们这样信任我，我应该感到自豪，毕竟我已来了两次；可一想到我本人就是个高反患者，我又感到紧张，肩上的担子马上重了起来。

在神山脚下休整时，一位同事过生日。在那种条件下，摆生日宴实在是种奢望。那位同事也说，算了，等回北京后再补上吧。

我说，那怎么成啊，就充分利用现有的条件，为你庆祝个特别的生日吧。

这个生日非常特别。首先是，当地没有蛋糕，有个同事出奇制胜，弄了一个馒头当作蛋糕。这还不是最特别的，最特别的要数生日蜡烛，是一根白色的粗大蜡烛。

寿星看到奇异的蛋糕和蜡烛时，脸色微微一变。其他同事也觉得氛围瘆人，尤其是关掉灯，惨淡的烛光忽左忽右时，好像我们在做一场吊诡的法事。

生日歌唱完，灯开启，我急忙打圆场：在神山脚下，任何事都是吉利的。

同伴们哈哈大笑，那位寿星也露出真诚的笑容。饭店的老板此时也贡献爱心，为我们每人送上一碗长寿面，其乐融融中，寿星顽皮地对我上师说，今天是我生日，您有什么特别的仪式为我庆祝吗?

我上师微微笑着，招呼寿星到他面前，一面念经，一面用手摸寿星的头。寿星兴奋地叫起来：你们看啊，我整个人都“开光”了。

说来也奇怪，我的这位同事自那次整个人被“开光”后，顺风顺水，这是上师的力量，还是神山的力量，或者是她本人的虔诚，就不得而知了。

那次转山之前，有几个同事的高反症状已经严重。安全起见，我劝他们要不就在旅馆等我们，但没有人愿意。因为看上去，大家对这转山非常有兴趣，也认为这是难得的一次心灵洗礼的机会。我心上虽然高兴，可依然紧绷着脸。我提醒他们，如果半路上实在痛苦不堪，那就立即停止，我会找人送你们回来。

众人信誓旦旦，就是累吐血也会转下来。我心说，这可不是累吐血的问题，它不但会慢慢地消耗你的体力，还会消磨你的意志，直到你举手投降。

昨天那位寿星豪气干云地说，没有任何事会让我停下脚步！

大家都很乐观，转山，越是乐观，当遇到困难时，就会越悲观，这是我多年来转山的经验之谈。

果然，不太好的事真就发生了。

一如往常，刚上路时，大家都特别健谈，欣赏着道路两旁的美景，看着庄严的神山，所有人浑身都散发着轻松愉快的气息。

第一天晚上，在休息站休息，有两个同事连说话的力气都没有了。我当时给出的建议是，原地等我们，但没有人听我的。我对他们说，没必要玩命，因为高反真是可以要人命的，当你感到天晕地转、浑身无力、气喘吁吁时，就是高反开始向你进攻的时候，此时，你应该停下来。

有个同事小心翼翼地问我，您一路上脸色发紫，很少说话，看得出您的高反症状比我们任何人都严重，为什么您不停下来？

我被问住了。

是啊，我为什么不停下来？是想证明我的意志力比别人强？我的虔诚心比别人大？还是说，我根本不想证明什么，我只是觉得转下来是理所应当的，不论有多困难，不论有多少次崩溃！

转山两个最大的敌人是恐惧和崩溃，不管你转多少次，它们都会如影随形，但当你转完之后回望，世间其他的事好像也就没那么难了。

艰辛地翻过卓玛拉山口后，我和上师在山顶开始做法事。由于山顶温度奇低，有几位同事决定先下山，在休息站等我们。

等我们在会合时，已是两小时之后的事情。可谁知，恰恰这两小时，一位同伴的命差点丢了。

直到今天，说起这件事，她都觉得，这一生中，恐怕没有比这次印象更深刻的事情了。而她在经历了这件事后，也就没有什么事可以难住她了。

据她说，在茫茫风雪中，她越走越快，可齐腰深的雪阻挡了她的步伐，飞雪打在她脸上，如同沙子。开始，她只是觉得疲惫，接着，她发现四下无人，只剩苍茫天地，不由得恐惧起来。她于是找了个石头缝，钻了进去。当时她的想法是，等一段时间，也许后面的人就上来了。

狂风怒吼，在石头缝中形成鬼哭狼嚎的气势，她越来越害怕，下意识地就哭起来。哭了很长时间，她发现缺氧，呼吸困难，于是赶紧省下力气，停住哭泣。疲惫、绝望、崩溃统统来袭，她感觉自己快要死了。或许是潜意识发挥作用，她不由自主地拿出MP3，开始录音。当时，她根本不知道自己说了些什么，事后一听，才知道那是她给父母留下的话，是一份走火入魔似的遗嘱。

再后来，当她感觉已经离开这个世界时，突然听到念经的声音。实际上，在大风雪咆哮中，这是不可能发生的事。但她说她的确听到了，于是睁开眼，看到两个磕长头的藏民，正向她靠近。

她像是在水中看到了一个救生圈，哇呀哇呀地叫起来，哭声和叫喊声混杂在一起，把那两个藏民吓了一跳。

两个藏民停止了磕长头，把她从石头缝里拉出来，给她喝酥油茶，鼓励她坚强起来。“我当时的求生欲望非常强烈，一整瓶的速效救心丸，我全吞了下去。可是，没有力气咽啊。你能理解那种感受吗？”她已经记不清两位好心人是怎样把她送到休息站的。只记得，到休息站时，她激动地给两人跪下，谢谢他们救了自己的性命。

而两位藏民只是憨厚地笑着，喝了几口茶，又向回走去，他们会走到那个大石头缝那里，继续他们的磕长头！在风雪中，看着他们远去的背影，她站了很久、很久。

慢下来

那时，速度不再绑架我，只需要坚持、努力地走下去。

曾有人在知道我转山多年后问我：从繁华的北京到空旷的冈仁波齐，能对比一下这两种截然不同的生活吗？

话一下子涌到了嘴边，但又不知道如何说起，因为这是个太大的话题。但后来细细一想，或许我从工作繁忙的北京抛下一身负担，前往冈仁波齐，只是为了自己的生活能慢一点，慢下来，好让我的灵魂跟上生活的脚步。

我当然知道，在北京这样的大都市说慢下来，哪儿有那么容易。

城市是一台上了发条的发动机。清晨，发动机的轰鸣声把我们唤醒。摩肩接踵的人群，开始奔往城市的各个角落。他们脸上呈现着严肃、焦虑的颜色，眼神空洞、目无表情，伴随着发条的节奏赶路，越走越快。

快速，似乎已经成为这个时代的一种标签，不仅经济增长希望更快，社会发展也更快。吃饭，要快餐；飞机，要直达；信件，要特快……每个人都在向前拼命奔跑，也许并不知道前方在哪里。特别是年轻人，他们往往被快速的工作和生活节奏压得喘不过气来。有人曾问：你有时间爬上楼上的天台，来好好看看这个城市吗？

真的要这么赶，这么快吗？

安东里奥尼电影《云上的日子》里有个故事，在墨西哥有个商人雇了工人为他运送货物，这些工人在中间停下来休息，任凭这个商人怎么恼火、怎么劝诱就是不为所动，这些工人们解释说：如果走得太快会把自己的灵魂弄丢的。

如果你去转山，你就会发现，转山路上，没有人赶路。于转山者而言，重要的是能转完，而不是什么时候转完。在神山脚下，我们离开平日里依赖的交通工具，真正用自己的双脚去丈量这个世界，携着同伴的鼓励与陪伴，慢慢走下去的时候，你会发现，很多在快速中模糊的东西，渐渐清晰起来。

在我多年前的一次马术训练中，我因为心急，想更快地跨越一个新的障碍，却被重重地摔在马下。一个月的时间里，我因为骨折只能在床上躺着。我清楚记得当时的崩溃，并不是因为腿脚无法动弹，而是无法忍受无事可做的空虚。我才知道，原来我已经那么依赖忙碌。在忙碌中，我习惯地存在着、前进着，但当这种节奏一放慢，我无所适从，找不到安全感。

也许人生就是这样，总是会被要求着快速前行。而当伴着浮躁和急功近利往前跑的时候，我们不但会离终点越来越远，离自己也会越来越远。因此，我更希望自己的生活能适当地慢下来。这也是我每年都去转山的原因之一。那时，速度不再绑架我，只需要坚持、努力地走下去。放慢生命的节奏，便会想清楚很多事，也会看清生活的本来面貌。

藏传佛教中有一种修行法门叫“死亡冥想”。它要求修行者简化生活，舍弃他所拥有的多余事物，放慢他的生活步调，通过这种方式来获得身心自由。

如果把转山比喻为我们的人生，“慢下来”就是当下最要紧的一个忠告。你越快，就越不可能达到目标，只有慢慢地行走，才能和目标约会。在这条人生路上，我们要想抵达目标，唯有坚持、忍耐，相信自己能做到，迈开脚步，成功的曙光才会离你越来越近。

2013年，当我在神山脚下瞻仰它的庄严时，流下了激动的泪水。这已经是第七年，蒙神山的眷顾，我每次都心满意足，收获良多，然后离开。而高反症状也在这七年时间里，对我不离不弃，只要我来，它就来，从不迟到，从不违约。

在经幡阵中，在皑皑白雪中，在卓玛拉的每个山口中，我都有种神奇的感觉，那就是，明年我还要来，而且要将我的修行推到极致。这种感觉是那么强烈，以至于我离开神山时，好像明年就在明天，我有些迫不及待了。

于是，就有了2014年的九圈。在一个多月的时间里转山九圈，需要的不仅是非凡的勇气和顽强的毅力，还必须克服不断重复的乏味感。我希望神山能照顾我，我也知道，神山必会特别关照我！

2014年是藏历马年，是释迦牟尼诞生的年份，这一年冈仁波齐汇聚了诸神，此时转山功德远超其他年份，转一圈相当于其他年份的13圈。

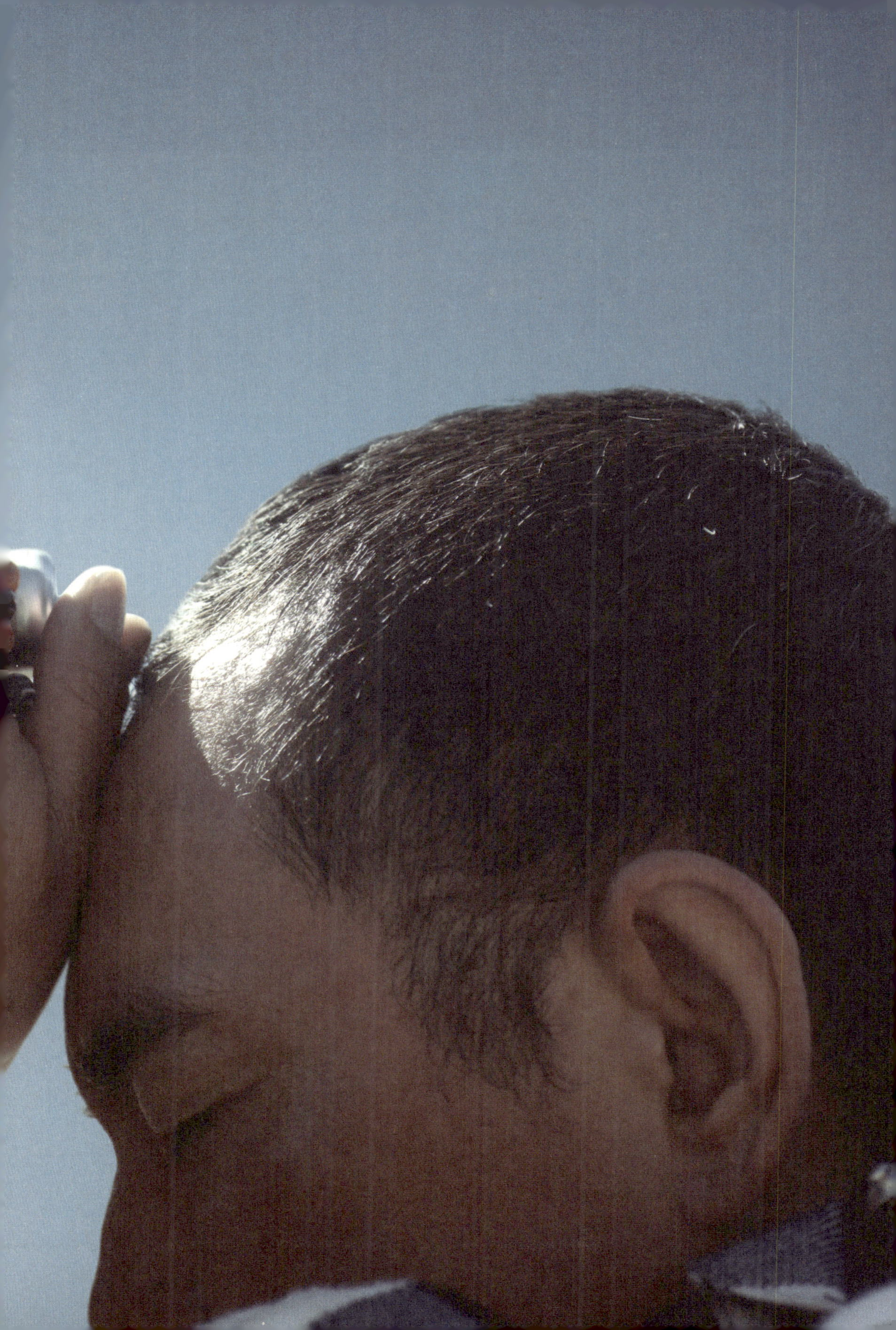

第三章

立地成佛吗

当我转完第九圈，回到旅馆时，我鬼使神差地流下眼泪。我看着床，看着房间里的一切，忘记了已崩溃的身体，忘记了我身在何处，整个人飘飘忽忽，犹如进入梦幻世界。那天晚上，我整个身心都处在一种最佳状态。周围的一切暖暖地模糊起来，窗外的风幡在神秘地抖动，我好像听到袅袅佛音，又听到转经筒发出的悦耳的异域之声。

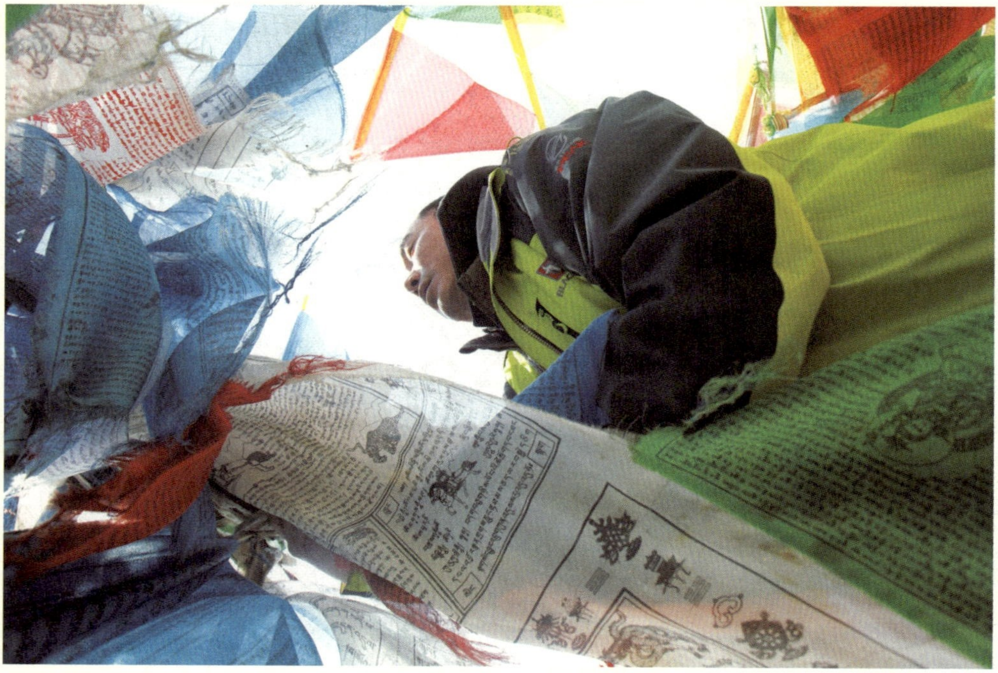

我是不是一个贪婪者？

我突然意识到这样一个问题，自己是不是一个贪婪者？

2014年，马年，释迦牟尼诞辰年。藏民说，马年转山，一圈等于13圈。对佛教信徒而言，这样的年份当然不能错过。五一假期结束后，我第八次为转山而来到拉萨。当时的想法是，要在最佳的一年转七圈。

来之前，朋友对我这份宏图大志惊骇的同时，是满脸的不相信。我能理解他的怀疑，因为转山在绝大多数人看来，都是在挑战生理和心理的极限。一圈下来，整个人在高反和疲惫的折磨下已处于虚脱状态，正常情况下，大概休息一周才能恢复元气。在一个多月的时间里转七圈，有些人连想都不敢想。

我当然知道这次转山的难度，所以许下这个诺言之前，我也考虑了很

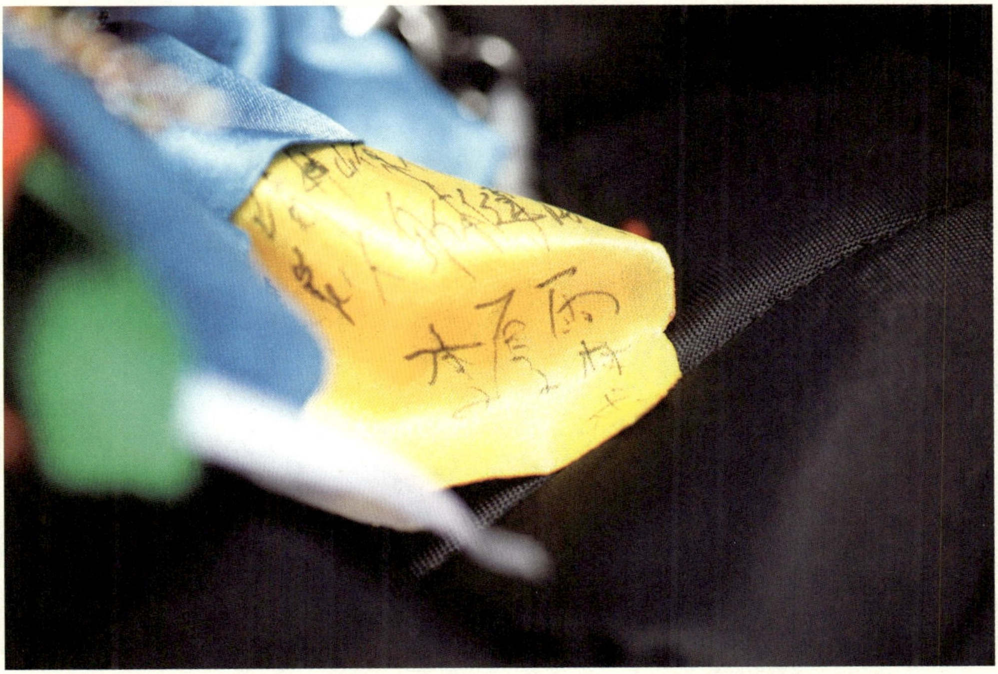

马年转山，一圈相当于常年13圈，我希望为众生、家人祈求更多的福报。

久。而最终的结果已经显而易见：无论有多痛苦，无论有多艰难，我一定要转完七圈。如果你让我寻找背后的理由，我找不到，这是冥冥之中的事，如果你问我，去神山之前是否有信心能转下七圈来，我没有准确答案。高原上，不确定的事太多，我只能告诉你，我去转神山，要转七圈，其他的事，不想说，也不愿意去想。

在做了充足的准备后，我和队友们踏上了去往神山的路。在此之前，我把一直以来治疗高血压的中药换成了西药。我也明白，高血压患者一旦吃上西药，就终生无法摆脱药物，但在我看来，和转神山相比，这实在微不足道。

开头很美好，刚在拉萨下飞机，高反症状明显比以前要轻，但我丝毫不敢大意。我小心翼翼地避免任何大动作，不弯腰、不低头，走路使用“小碎步”。很庆幸，没有任何反应。吃午餐时，我告诉自己，也告诉队友们：“尽量别吃太饱，不然高反症状马上就来。”在这个时候，我已经看到几个队友的嘴唇起了反应，发紫，这是高反症状的基本表现。

在拉萨休整的第一天，我端坐在房间里修习功课，第二天，我惊喜起来，因为高反症状好像消失不见了，或者说，和前几次相比，高反症状简直可以忽略不计。

我想，这可能是神山在眷顾我，因为我要转七圈啊，不能一到拉萨就开始高反。我开始窃喜，神山正在护佑我。

在拉萨休整三天后，我们踏上了去神山的路。一如往常，这段路我们要走两天一夜。从拉萨到阿里神山脚下，沿途风景诱人，古色古香的民居，充满着藏传佛教文化的氛围，雅鲁藏布江在高山深谷间急急流过，都会让高原反应症状很轻的人心旷神怡。如果说有点小遗憾，那就是天气。一路上温差巨大，在拉萨只需要一件冲锋衣就可以，但到神山脚下时，我们已穿上了厚厚的羽绒服。

一到神山脚下的旅馆，进了房间，我就如同居家过日子一样，把皮箱里所有东西都拿出来，规矩地摆放。我对自己说，我要在这里待上一个多月，这里现在就已是我的家，我的家就在神山脚下！

其实就在我把旅馆当成家时，高反已开始袭击我，和从前一样的头痛，呼吸困难但很轻微。我知道是治疗高血压的药物起了作用，我唯一的担心是，它的效果能持续多久，是否能让我圆满地转完七圈。

2014年转山历时近一个月，山脚下的宾馆就成了我临时的“家”，我也把家里日常用的东西都搬到了这里，八年转山，神山已是故乡。

两天后，我们在凌晨7点从村口迈出了第一步。和往常一样，大家三三两两地走在一起，聊天，看着周围的景色，大有欢欣鼓舞的劲头。我仍然小心翼翼，和我相比，这次的大多数队友都是初出茅庐，第一次来神山。我大概也能预料到接下来的结局，中午过后，有几个队友已经掉队，远远地落在后面。

还能跟上大部队的一位队友已经开始倒拖登山棒，大有猪八戒被孙悟空打败后逃跑的神韵。我走近他时，听到他嘴里含糊不清地吐着话语。不是念经，因为他不是佛教徒，也是自言自语，因为毫无逻辑，我听了很久后，大概明白了，他并未意识到自己在说话，他的神志恐怕已不清晰，走出去的每一步都不会经过大脑，他在漫无目的地放逐自己，原因恐怕再明显不过了：高反和疲惫。

那天晚上，落在后面的队友赶上来时，一头扑倒在床，纹丝不动，如果

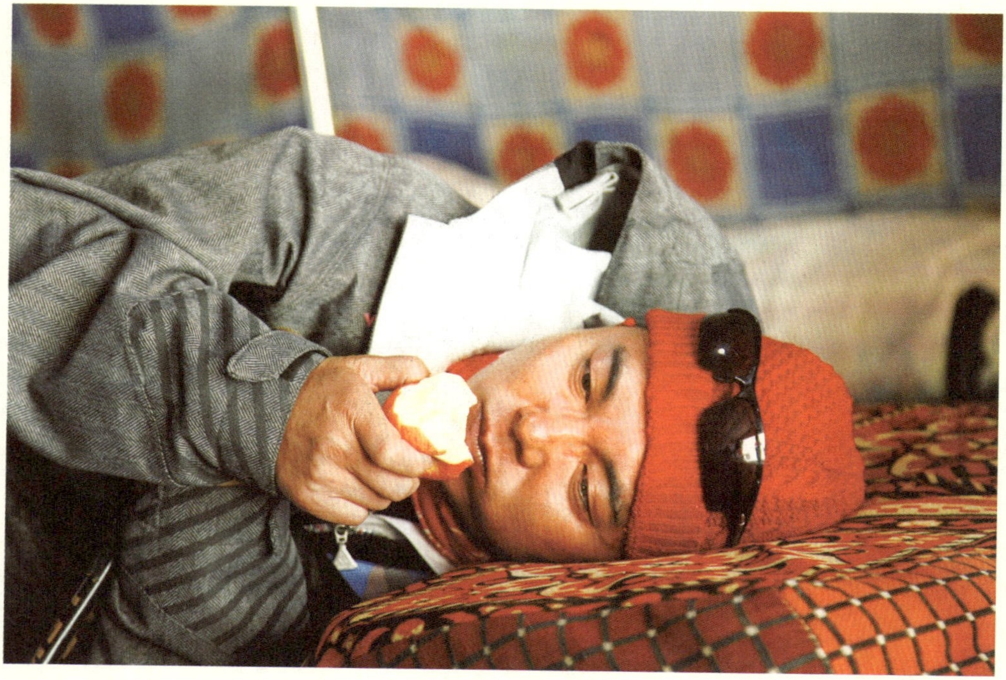

转山是个体力活，为了行走，其他的力气能省则省。转山途中在休息站休息时，我已疲惫不堪，为了节省体力，我躺下啃一个苹果。

没有粗重的喘气声震荡，和行将就木的人毫无二致。

吃晚饭时，有几个队友死都不肯离开床。我当时的状态还算好，于是大致对明天的转山做了规划，最后决定凌晨5点起床，5点半出发。

没有人迎合我的计划，因为大家疲惫不堪，连张嘴吃饭都没有多余的力气。

在寂静中，有人小声地问我：如果明天有人起不来怎么办？我的意思是，如果有队友不能再转……

我愣了一下，我从未想过这个问题，真的没有想过。转山这么多年，我算高反最严重的一类，虽然这次吃了西药控制了高血压，可我已经隐约感觉高反症状加重了。在出发前，我从未想过万分之一放弃的心，但为什么你们一开始就会准备好放弃？

我浑然不觉地冒起一股气，但语气却是平和的：尽量都转完，实在走不动了再安排车送回神山脚下。

又恢复了寂静，在寂静中，我听到自己脑海里嗡嗡地响。

第二天早上5点，果然有几位同伴无法起床。他们的高反已经严重到一定程度，再让他们转下去，那就是对生命的不负责了。

我安排车辆把他们送下山，看到他们表情痛苦，半死不活，突然很内疚。

难道就因为我认为自己能走完便认定所有人都应该可以？难道就因为我想转完便认定所有人都应该转完？佛教里讲的放下，难道不是教我们去接受每一个个体，每一个事实？如果进一步去分析，是不是这件事的源头便存了我自私的一面？我因为高血压担心以后能转山的机会越来越少，我因为马年转山的机缘，因为想为自己的家人、朋友、同事，甚至自己的事业、生活祈求更好的福报，所以我今年要来转七圈？

我突然意识到这样一个问题，自己是不是一个贪婪者？修行路上有太多放不下。

从七圈到九圈

晨光熹微时，我长出一口气，一夜的心驰让我如释重负。

在纷乱的俗世，我很少有机会能去审视自己的弱点和本性。而在神山这片净土，安静到能够听到自己声音的地方，我好像突然听到有人对自己说，“你想要的太多”。难道不是吗？我做什么事情都希望能够尽量完美，什么都希望达到理想中的最佳，包括因为别人无法达到自己要求而容易引爆的脾气，究其根源难道不是自己想要的太多？

我一面走，一面这样想着，似乎要验证我的想法是对的，头痛涌上来，意识开始模糊。我在心里无可奈何地苦笑，高反，我永远无法摆脱的噩梦！纵然用尽千般计，它却只用一计就让我败下阵来：它就在西藏、在神山等着我，

在神山面前发愿，是不能更改的。

折磨着我的同时也提醒我，这是修行的最好时刻。

那天已过午夜，我们才身心疲惫地回到神山脚下的旅馆，之前回来的几个同伴仍然在床上昏睡，时不时会剧烈地咳嗽，这是在睡梦中被憋醒的表现之一。

第二天，我让人立刻把高反症状严重的同伴送走，送出阿里，送出拉萨，一直送出西藏。在休整时，一个队友找到我，对我说，佛家讲戒贪，您觉不觉得转七圈，已经违背了佛家的教诲？

我考虑了一下，但没有回答他。他看着湛蓝如洗的天，慢悠悠地说，有次攀珠峰，一个高血压队友，靠药物着压住高血压，吸着氧气上去了，结果一下山，人就走了。

他总结说：人依赖药物改变自己的身体状况去做极限运动后，如果突然回到原来的环境，很容易猝死。

我知道他在担心我，直到那一时刻，我的内心深处才有了诸多担心。如果真的发生意外，我真的能放下那份打拼了十几年的事业吗？能放下一直跟着我的几千名员工，放下我的父母、家人和朋友吗？

我想，事业也许可以放弃，但父母却绝不能放弃，因为在我的生命中，他们是重中之重，比我的生命还要重要。

那么，我还转吗？

当天晚上，我做完功课后，久久不能入眠，于是我在房间里踱步。我想了很多，该想的不该想的、好的坏的、现实的虚幻的，像万马奔腾冲进我的脑海。

我最先想到的当然是高血压和猝死，然后想到父母，思维向极端迈进：想到白发人送黑发人……我没有勇气再想下去，从这个思路绕出来，我想到来之前许下的宏愿，我想到在佛龛面前信誓旦旦地许愿转神山七圈的情景，想到许宏愿前，上师对我说的话，一旦在佛祖面前许下诺言就不要更改。

我不能对不起父母，也不能违反我的信仰。人生，真是处处充满矛盾。我胡思乱想，任凭思路驰骋，我不干涉它，晨光熹微时，我长出一口气，一夜的心驰让我如释重负。

早饭时，我对同伴们说，大家如果转不下去，随时可以走。我决定转下来，我要坚持到最后。

初次来转山的人经过一天的休息，终于有了惊愕的力量：七圈啊，我转

从下向上看，陡峭的转山路仿佛要与天齐了。

一圈都崩溃了，你还要坚持转七圈？

我摇头，谁说我要转七圈？我改变计划了。

大家的眼睛亮了起来，他们看到了提前和我一起下山的希望。我看到他们眼中的希望，真不忍心浇上一盆冷水，因为这盆冷水对他们而言，简直就是灾难。我说：我不转七圈了，因为我要转九圈！

转山路线中的哲学题

我去转山，只不过是跟灵魂相会去了。

直到今天，我也不知道自己是如何下定决心转九圈的。实际上，第一圈下来，我感到的是从未有过的疲惫。休整期间，我一度怀疑自己是否真的能如愿转下来。也许这正是我的一个特点吧，先承诺，然后让承诺成为我的紧箍咒，要它压迫着我，昂首阔步向前走。

第一圈之后，我们足足休整了四天。虽然休整了四天，可转第二圈时，仍然费了很大的劲，毕竟，我们是在海拔4700米的地方休整啊！直到第三圈，精神才开始好转，突然感觉，有点轻松了。

实际上，第三圈是个转折点。第四圈、第五圈、第六圈，高反症状虽然减轻，可体力一圈不如一圈。转完第七圈后，疲惫、若隐若现的高反和紫外线，把我“塑造”得人不像人鬼不像鬼，原本白皙的皮肤变得黑如炭。更要命的是，我们已吃不下东西，也就是说，我们补充体能的来源减少了。食物是体能的根本来源，进食很少，你的体能注定下降，体能下降，免疫力顺理成章地降低，感冒、咳嗽、胃疼，身体免疫力降低带来的并发症如排山倒海而来。我只能依靠大量的感冒冲剂和其他药物来维持残弱不堪的躯体。

也许这就是转山，这就是人生的修行，考验总是一轮接一轮，你无法躲避，除非你放弃。有人曾问我，转山痛苦吗？我说，转山当然痛苦，但转山之前和之后，这种痛苦就会消失。或者说，我从未体会过转山之前和转山之后的痛苦。

第七圈休整时，唯一还留下来的同伴说，我知道无法劝你停止转下面的两圈，但你是否可以调整一下，比如适当地看看路上的风景，多休息，用三天时间转完一圈。

我笑着摇头说，我来转山，是修行。修行不是旅游，也不是体验人生，我要做的事就是自始至终，用同一的速度，同一的信念转完九圈。

虽然这样说，但在多年的转山过程中，我却体会到了一个人生哲理。这个哲理就隐藏在转山的线路中。

从塔钦村口向前十公里这段路程，沿途风景优美，始终能看到庄严的神山，这段路如同我们的童年，美好得让人遐想。接下来到第一个休息站，是我

转山，让我完全把自己的内心，跟以往正常生活的世界去隔离，我感受到了另一个完全不一样的生命状态。

们的读书时代，起起伏伏，有些痛苦了。到了神山后面，大学毕业，以为可以休息了，但不能，因为必须进入社会，于是就有了卓玛拉山口之前的路程，飞雪漫天正是社会凶险的翻版。当越过卓玛拉山口后，开始下山，下山之后，一马平川，这就是进入了四十不惑的年纪，明白了平平淡淡才是真。你的生活中已没有大坎坷，然而，这条路却那么漫长，永远望不到边际，可你又不得向前走，而要想真正走好这条路，毅力和平和的心态是最重要的。

好在，我一直自认是个超级有毅力的人。戒烟，说戒就戒、减肥，说减就减，没有使用任何药物，没有任何专业指导。只要我觉得这件事是值得我去做的，我就会坚持下去，并且相信一定能做到。

毅力从哪里来？更多的是后天训练。面对一件事，特别是面对极限时，你是否能挺住。比如转山，你的肉体和精神都受到剧烈的考验，只要你能忍受下来，就说明你获得了毅力的能量。另外一点就是克服恐惧，人在困难面前之所以止步不前，往往是因为恐惧，只有克服了恐惧，才能获得毅力的能量。在转山过程中，每前进一步，艰难和危险就逼近一步，忍受下来的同时还要敢于向前走，迈出每一步都义无反顾。

然而，转山过程中我所显示的毅力，经常会让我自己吃惊，尤其是和别的事情对照时。比如学英语，我咬牙坚持一个月，就撒手了。再比如迟到，我曾多次正告自己，不要迟到，但现在迟到仍是我的一个标签。其实把转山的毅力拿出十分之一，就足以克服这些事。那么，有时候我会想，同样是毅力，为什么在转山上就能发挥最大力量，而在其他一些事情上就不能？用“只要我觉得这件事值得我去做，就会坚持下去”恐怕不能解释最根本原因。

我克服千难万险，甚至是威胁生命时都不肯放弃的原因，大概有三条，我把它称为三种力量。第一种力量是神山与我之间相互吸引的力量，这种力量远大于其他力量的存在，否则我怎么会如此被吸引；第二种力量是我内心世界的力量，一种向往和追随的力量，有人说每个人都有为了一件事奋不顾身的时候，我觉得那个时候就是由这个力量激发的；第三种力量是西藏的力量，全世界如此之多的地方，美景数不胜数，美好的城市更是比比皆是，但我都不为所动，除了工作需要我去过欧洲之外，世界其他地方我都没什么兴趣，在我心里最为挂念的，始终是西藏这片神奇的土地。那里雄壮巍峨的山峰、辽阔而荒凉的狂野、顶在头顶上的云彩和星辰，那里的尼玛堆、经幡旗、转经筒，那里飘渺的念经声、真诚的微笑、简单的生活，都让我魂牵梦绕。

不！也许不止这三种力量。因为我的灵魂已经安放在了那里，所以我去转山，只不过是跟灵魂相会去了。有什么样的力量，能大得过灵魂的力量呢？

这不是虚张声势，也并非唯心主义。每个人在他的一生中都会感觉到灵魂力量的存在，只是，很多人都受外在的干扰而不愿追随灵魂前行。而正是这种力量，让我八年来不惧高反，不顾生命，只想到西藏转神山！

此心如此，亦复何言！

立地成佛

离九圈的目标越近，我的心就越忐忑。

如果把你的人生原封不动地复制九次，让你经历九次，恐怕没有人愿意！

转第八圈时，由于早上吃了大量感冒药，一整天都处在晕晕乎乎之中。无数次，我坐下来休息都想睡过去，再也不醒来。可是我坚持只休息不睡觉，就这样一路走走停停，停停走走，路上各种各样的转山者看到我休息时，都用手比画着，不要停，向前走，深呼吸。

大概是很多人的鼓励起了作用，第二天转到神山背后时，我没有太多的休息。其实当时我一直在心里祈祷，千万不要发生任何意外，哪怕是脚起泡、

夜晚行进中，高原反应再次让我的脸膨胀起来。

腿磨破这样的小事。一旦发生这种小事，我的第九圈就泡汤了。

走到茫茫无际的雪地上时，我的灵魂似乎已经出窍，在高空看着我的肉体一步一挪，向前行进。几个藏民在雪地里奋勇前进，他们每踏出一步，雪淹没膝盖，有位藏民一不小心踩空，一猛子扎到雪地上。他快速爬起来，看着后面的同伴哈哈大笑，他的同伴们也大笑起来。

我也想笑，不是嘲笑，而是发自内心的钦佩之笑，但没有声音，我当时连笑的力气都没有了。

那天的雪地出奇的宁静而美好，一脚踩上去，如同踩到棉花上，雪水从离开的脚印下面渗出来，汩汩有声。有那么一段时间，和往常一样，我异常害怕，特别恐惧一脚下去，踩上冰窟窿，整个人就会消失不见。在那种高海拔和低温下，掉进冰窟窿只有死路一条，连神山都只能眼睁睁地看着。

在石头与雪中，转山者们深一脚浅一脚迎着风雪前进。

为了避开危险，我采用S形行走路线，靠近露出雪面的石头，摸索着前进。这一招虽然费时，但能保证没有大危险。走到后来，我虽然不是在磕长头，其实所有的动作已和磕长头没有任何区别。我那时对“匍匐”这两个字加深了印象，当你走在每一步都存在着不可知的危险之地时，用整个身体向前移动是最好的方法。

没有任何想法，在这块神圣而艰险的雪地里，只有行走、匍匐。你在神山脚下，除了敬畏，什么都没有。

当看到塔钦村口时，我长出一口气，跪下来，面对湛蓝的天空，神山在那里熠熠生辉，我说，感谢神山让我毫发无损地转完第八圈。

话虽这样说，离九圈的目标越近，我的心就越忐忑。转第九圈时，我已经没有了任何杂念，似乎我生下来就为了转山，就为了转完这最后一圈。所以第九圈没有给我留下任何可以记起的事物，我唯一能记起的就是，我一直在行走，一直在匍匐。

当我转完第九圈，回到旅馆时，我鬼使神差地流下眼泪。我看着床，看着房间里的一切，忘记了即将崩溃的身体，忘记了我身在何处，整个人飘飘忽忽，犹如进入梦幻世界。

那天晚上，我整个身心都处在一种最佳状态。周围的一切暖暖地模糊起来，窗外的风幡在神秘地抖动，我好像听到袅袅佛音，又听到转经筒发出的悦耳的异域之声。我想到了下面这件事：从2007年到2013年，我共转山七次，也就是七圈，今年是马年，每转一圈等于13圈，我转了九圈，这样一算下来，我共转了124圈，藏民们说，转山108圈后就能立地成佛。那么，我现在是不是已是佛了？

佛和凡夫俗子应该是不同的吧，我这样一面想着，一面去观察自己。先从手开始，我把手掌翻来覆去地看，没有神奇之处，我又去照镜子，镜子里的自己脸庞臃肿，漆黑如炭，和非洲难民没有区别。就这样神经质似的折腾了半天后，我确信一件事：我还是我，那个肉眼凡胎的李厚霖。

在我意识到这个事实时，我也同样意识到，藏民们所谓的转完108圈立地成佛，并非是拥有正大尊容外貌的佛，也并非是法力无边，可以普度众生的佛，而是我们的心。依我的理解，当我们历尽千辛万苦转完这么多圈后，我们的心灵世界将会更加丰沛，我们对修行、对红尘的看法更将平静。

每一次转山，我就好像被重新赋予一次生命。每一次转山，就好像找回了新的自己。当我真的徒步转山108圈，一步一步在平均海拔5000米的山石路上挪出500多公里，将要经历千难万险，多少次筋疲力尽，百万次的崩溃、绝望……

我相信，无论我是否能真能转到108圈，无论这些艰难是否会将我击垮，我的灵魂都会满怀热情地背起行囊，再次上路，像完成一次使命一样全力走出跨越卓玛拉山口的每一步……而我的肉身，倾听灵魂的召唤就够了。

想到这里，我就感到自己很幸运，因为八年来的十六圈，让我拥有了十六次全新的生命。而这个全新的、充满活力、听从灵魂召唤的生命，不正是我希望找到的本我吗？也许，这就是藏民说“转山108圈，立地成佛”的真实内涵吧！

所以，在转完九圈后的那个夜晚，我因为太激动而失眠了。自转山以来，我第一次有意识地掉进了回忆的陷阱中。

我想起了父母和亲人：转山期间，恰逢端午，我向家里通电话时，几乎用尽了全身力气说每一句话。我挤出笑声，安慰家人，告诉他们，这次高反没有以前严重，因为转了这么多圈，我已经适应了高反。实际上，我在说谎。

我想起了我的师父：第一次转山夜过卓玛拉山口后他在帐篷外坐了一夜；第二次我们像落难的父子一样依靠着那个好像永远也吃不完的小苹果趟过雪地……他的慈悲心让我敬仰，让我感动。十四年过去了，我们的容颜都渐渐不再那么年轻，但我们之间的情感早已超越了一般的师徒关系……

我想到这座今生与我结缘的神山：每次转完一圈，我都会在心里感谢神

2014年，供转山者休息的帐篷里挤满了虔诚的信徒。

山的眷顾。原本我是带着敬仰和敬畏而来，每次开始下一圈之前，我都忐忑不安，我担心会半途而废，因为在转山路上出现危险是再自然不过的事。但神山用它高大的身影一直伴随我左右，在艰难的时刻给予我力量，在迷茫时给我以方向，它就这样住进了我的灵魂里。

我想起了那些结伴而行的转山人：他们之中有我的同事，有我的金刚兄弟，有虔诚的藏民，也有到此一游的旅行者，反着转的修行者……他们让我见证了生命的丰富多彩，让我看到了信仰的力量，让我认识到在苍穹之下，有和我一样围着神山转动的灵魂。

有人说，无论多少人在身边陪着你，转山过程中你都是孤独的，因为所有的感受——高反、崩溃、放弃、喜悦，都由你独自品尝，别人无法体会你所

转山中最能体现人性的真、善、美，当你有困难的时候总有其他转山者向你提供帮助，这是真正的雪中送炭。

经历的一切，每个人的感受都是独一无二、与众不同的。

但渐渐地，这种孤独感觉离我远去。面对神山、面对漫漫长路、面对路上的风雪，我越来越平静。亲人、师父、神山、和我一样的转山人，我开始感觉，他们身上装着我灵魂的一部分，遇见他们，我才找到世间另一个自己——一个平静而又充满活力、希望，摆脱了各种羁绊、束缚的自己。转山过程中，我慢慢地了解到了“另一个自己”；这么多圈转下来，我已经和他越来越接近了；而随着我的不断精进，我将和这个美好的“另一个自己”合而为一。

当所有和转山有关的画面，所有的希望和美好的想法如狂风暴雨冲击我的大脑之后，我已经明白了，神山过去不曾，现在不会，将来也不会离开我。因为自第一次朝拜神山后，它已住进我的灵魂，为永恒而生，为永恒而在！

人生就是在转山

得到了神山的眷顾，无论多艰辛，都应该转完。

如前所述，转山的路线就像是人生的起起落落。我之所以这么说，是因为我的人生也经历了不少起起落落。也许，即使不去转山，每个人到了四十岁不惑的年纪，都会有所成长，但免不了经常受到周围的人和环境的干扰。而转山，则让我慢慢学会放下。当我扛着严重的高反行走在高原时，发现只有专注于行走这件事，关注脚下迈出的每一步，痛苦才能减轻。只管一步接一步地走下去，忘掉目的，忘掉一切，只关注当下，不知不觉间，便到了终点。完全没在意周围是否有什么纷扰。

很多朋友知道我的名字，是从“钻石大亨”、“神秘富商”之类的头衔开始的，我那段不太成功的婚姻也为这个头衔起到了推波助澜的作用。当然，这些都是外界给我画的“标签”，仿佛只有这样，杜撰的故事才能成为人们津津乐道的八卦话题。无论如何，我从未想过自己竟然以这种方式“出名”了。

对我来说，有种躺着也中枪的感觉。

我是个平凡的人，只不过进入了钻石这个看起来很光鲜的行业，而承蒙上天眷顾，干得还不算差而已。

而我自己的发展历程，也和普通人一样，从接受父母的教诲，塑造自己的意志开始。

在家中，我的父亲和母亲在面对很多事物上都持截然相反的态度。母亲外向，与周围的人打成一片；而父亲则非常内向，面对陌生人就不太爱说话；母亲很热情，父亲很严谨。父亲每天都要运动，而母亲则是“生命在于静止”；父亲超级爱旅游，去哪里都会很开心，母亲则认为待在家里就是最幸福的事儿，哪儿都不愿意去。

如果按乐嘉的性格色彩来划分，母亲就是热情奔放的大红色，父亲则是严谨有序的蓝色。而我，则是集合了他们两个的各种性格元素，成为两个极端的统一体。

我父亲是一个特别有毅力的人。他每天都游泳两个小时，至今坚持了十几年。而我自认为，当我下决心做一件事的时候，我的毅力比父亲有过之而无不及。转山，连续八年都去；骑马也是一骑就是八年，除了出差和外出休息，每天肯定坚持骑马两个小时；磕长头，一磕就是十万个，每天108个，连续三年一天不落……我觉得当我对它们如此坚持的时候，已经很难用喜欢来解释了，它们已经成了我生命的一部分了。

而有时候我又特别感性，这方面很像我的母亲。比如迟到这件事，以父亲严谨的态度，怎么能允许迟到呢？迟到恐怕已经成了我这辈子改不掉的毛病了。不仅公司开会经常会迟到，有时约见部长级的领导，也会迟到……即使我掐着点出来，等到了那里也会迟到。在我的大脑中，可能根本没有时间概念。

就是这样，两种截然不同的性格同时在我身上存在着。而我的创业路跟这两种性格也有着很大的关系。

二十年前，中国的经济并不像如今这样好，人们的购买力水平比较低，钻石这类商品并没有普及。但我感性的一面告诉我，我喜爱这个行业，同时我希望用自己攒下的一笔钱打造一个属于自己的品牌，与国外及港台的企业竞争。很多朋友极力劝阻我：给别人干和自己干是两回事，你没有听过一句话吗：卖钻石的，是眼红死邻居，饿死老婆？

这时，那个“有毅力的我”出场了。我像一头倔驴一样一头扎进了这个行业，因为我相信，中国的经济在不久的将来会飞速发展，而钻石将成为大部分人都能买得起的一种商品。我用自己的逻辑说服了很多朋友，他们慷慨解囊资助我的钻石之梦，或许，他们是被我孜孜不倦的毅力打动了吧。

就如转山刚开始风光无限，随后就会进入了艰难的攀爬期一样。我的创

人生就如转山，最重要的是坚持走脚下的路。

业之路也差点倒在了“卓玛拉山口”之前。

做品牌，就是烧钱。而没有品牌，就意味着完全没有竞争力。我本身并没有雄厚的资本支持，1999年末，当时满腔热情地我把筹到的钱投入到第一家开业的“恒信钻石宫殿”中，遗憾的是，不出三个月我就发现，每个月的收益还不够当月租金的支出。要知道，为了一举成功，当时我选择把门店开在了最繁华、最具购买力的地带，并花费巨资做了很好的装修以吸引顾客。本以为会一炮打响，谁知道刚刚开始就遭遇滑铁卢。

当时我有两个选择：一是按一些朋友说的那样，找个人接盘，放弃这次不成功的尝试；一是铤而走险，改变钻石售卖的方式，将刚开业的店铺砸掉，推倒重来，不再简单售卖钻石，而是推广钻石文化与卖钻石并行。

无论哪种方式，压力都是极大的。那段时间，我就如同在神山脚下一样，每晚失眠，头痛欲裂。

我的决不回头的倔驴劲儿最终让我选择了砸店。那天，很多员工都哭了。说实话，我心中忐忑，正如在转山途中一样，我根本不知道自己能走出多远。

幸运的是，一切朝着有利的方向发展，这次彻底地改变成功了，在艰难的日子里，我的创业之路有了延续下去的希望。

不过，正如转神山翻过卓玛拉山口一样，真正的硬仗还在后头。

十几年来，我每天都要思索公司的处境和未来的发展，因为我们的竞争对手都如狼似虎，它们实力强大，早已经是高知名度的品牌。这种殚精竭虑的感觉，和山口下来之后，那二十多公里看似坦途，却怎么有走不到头的感觉一模一样。

但是，我到西藏转山多年后，在转山途中，我对“坚持下去”的感悟更为深刻，你只要坚持，走好当下的每一步，终会抵达终点，终会被人认可！

我不敢说这是什么成功的诀窍，但我在人生的旅程中已认识到：当持之以恒地做一份事业很多年，而且不算失败的话，就会有可能创造一个“奇迹”。就像时下人们信赖“百年老店”一样，那些懂得坚持的人，终究会取得胜利。

多年在事业上的打拼和多年的转山，使我感觉到，事业和转山二者没有

八年来，人生风雨无数，但神山的眷顾始终未变。

区别。首先，你应该感谢这份事业能找到你，正如我感谢神山多年以来眷顾我去转它一样；其次，你得到了上天的眷顾，就应该坚持下去，任何时候都不要放弃，得到了神山的眷顾，无论多艰辛，都应该转完。最后，你坚持下去，福报自然就会来！

而面对生活，我们要用的也是同一个态度。

只为与神山相见

转山是再自然不过的了：活着一天，就要修行一天。

如果你问我，转山到底为了什么？我没有一个理性的答案。我只知道如果世界上有命中注定这回事，我相信我和神山的缘就是注定的，也许是一生一世，更也许，是永生永世。

如果你问那些匍匐在神山脚下，用一个月或两个月围着神山磕长头的藏民，为何要转山。他们的答案可能就是：朝你惊讶地一笑，背后的意思是，这也叫问题？

当你走进西藏这块神奇的土地，信仰的世界，你看到的不仅是迎风飘扬的五彩经幡，正大仙容的佛像和千年永不停转的经筒，还有每个藏民脸上收获的表情，更有内心的道场和良知。在他们看来，转山是再自然不过的了：活着一天，就要修行一天。

我转山过程中，甚至是一进入西藏就承受了很大的痛苦之下，之所以不放弃，是因为我有另外一种认识。不仅仅是对神山，我对西藏的感情特别深，这不是用语言所能解释的，世界上有许多事就是没来由的。我和西藏，就属于那种无法解释的一见钟情。我到西藏做慈善，转神山，也是这种感情的直接流露。

实际上，每个人都有趋吉避害的本能，痛苦和艰难固然炼心，可世界上还有很多方式可以炼心，为何要主动地承受痛苦呢？

佛教里认为，你在某一地越是痛苦，就越是你修行的最好场地。虔诚地接受这种痛苦，正视它，你的修行就精进了一步。转山的痛苦，或许就是我最

好的修行方式。

一位哲学家说，人真正成长不是你经历多少难事，而是你经历的最大的那件难事。你的胸襟有多宽广，就看你克服人生中最大那件难事的难度有多大！当你克服了别人无法克服的痛苦，你的境界就将与众不同，非同凡响，你的福源就如长江黄河，滚滚而来。

实际上，我的工作带给我的不仅是光鲜的一面，背后的压力也非常巨大，我今日还能保持积极的心态，对起起落落、纷纷扰扰能有相对平静的对待，都与我在转山过程中获取了丰盛精神营养有关。

后来，我看到一位高僧的话，让我茅塞顿开：佛怎么做，我就怎么做。

我坚信，这是种积极的人生态度，也是我修行路上的一大步。在之后的修行路上，我将知行合一，潜心精进。

我转山，转水，转庙，只为离你更近。

第四章

转庙、转湖、转王朝

西藏处处是圣地，除了神山，还有很多寺庙、湖泊，最神圣的当属大昭寺、布达拉宫和玛旁雍错，当然，更有充满神秘色彩的古格王朝遗址。虔拜庙宇、转圣湖，参观和朝拜古格王朝遗址，和转神山一样，都是我在藏地修行的一部分。

在大昭寺

来拉萨而没有到大昭寺，就等于没来过拉萨。

当第一缕阳光洒向大昭寺镏金的殿顶时，西藏拉萨最神圣的修行宣告开始。上午8点时，大昭寺向信徒和游客们打开它那扇古老而正大的门。你会惊讶地看到，一大片藏民匍匐在地，口中念诵着六字真言，很多人的声音同时发出，低沉而磁性，回荡在大昭寺上空。这不过是大昭寺千年以来最平常的一天，也是藏民眼中神圣的一天。

第一次去大昭寺，一进入，浓郁的酥油香顿时占领我整个呼吸。酥油灯发出温暖而低沉的光，光线柔和而暗淡，在这种情境下，伴随着时高时低的诵经声，不禁让人昏昏欲睡。要进入正殿，需穿越一条长长的巷道，巷道的右侧排着无数转经筒。当你拨动经筒，把自己的罪孽、希望告诉佛，并祈求佛的加

大昭寺外人头攒动，香火鼎盛。

持和降福时，据藏民们说，佛就会实现你的愿望。

第一次去大昭寺，其实是朝圣，不是旅游。可为了真正翔实地了解它，我和我的金刚兄弟们还是找了个藏民导游。

这名藏民导游也是个虔诚的佛教徒，据他自己说，他对大昭寺的了解比大昭寺自己还清晰无误。他最先为我们介绍说："大昭寺又名'祖拉康'、'觉康'（藏语意为佛殿），建于647年，是当时的藏王松赞干布为纪念尺尊公主入藏而建的，'大昭'二字藏语意为'释迦牟尼'。"

"等等。"我打断了他的话，在内地，提到松赞干布和大昭寺，人们都会想到文成公主，可这个"尺尊公主"又是谁？

藏民导游立即变得恭敬起来，我们正走在大昭寺的转经筒前，他认真地转完所有的转经筒，然后笔直地站在那里，不再向前。其实向前已经出现难度，太多的藏民正匍匐在地上，礼拜大昭寺。

“这件事说来话长了。”他用说评书的方式开了个充满悬念的头，“应该从释迦牟尼说起。”

据藏传佛教记载，释迦牟尼临终时让工匠以自己不同年龄时的模样塑了四个等身像，这四个等身像分别是8岁、12岁、16岁、25岁时的样子。多年以后，8岁等身像流落到尼泊尔，12岁等身像辗转至中国，至于16岁和25岁等身像则在印度频繁战乱中被毁坏或是无影无踪，再也未被世人所见。

时光流逝，松赞干布统一西藏后，要振兴佛教。有专业人士指引他，要振兴佛教，必须有释迦牟尼的等身像。松赞干布于是向尼泊尔和中国的唐王朝求婚，在要求的嫁妆中特意加一条：要有释迦牟尼等身像。尼泊尔很快就让尺尊公主带着释迦牟尼8岁等身像来了，松赞干布很高兴，于是为尺尊公主修建了大昭寺，把释迦牟尼8岁等身像供奉在里面。

几年后，唐王朝的文成公主也带着释迦牟尼12岁等身像来了，松赞干布又修建了小昭寺，把释迦牟尼12岁等身像供奉在里面。

藏民导游一面走，一面讲，不知不觉我们已经走进了正殿，昏暗温暖的光线下，我一位金刚兄弟不禁问，那为什么现在大昭寺中供奉的是释迦牟尼12岁等身像，而不是8岁等身像?

意料之中的，这里面会有段曲折的历史。

藏民导游解说道：松赞干布去世后，大唐与吐蕃关系开始紧张，当时拉萨谣传大唐已在集结军队，准备进攻拉萨，夺回那尊12岁释迦牟尼等身像。没有人怀疑下面的事实：大唐天下无敌，拉萨根本无法抵抗。但拉萨已经和这尊12岁释迦牟尼等身像有了深厚的感情，绝不肯拱手奉上，所以他们将佛像从小昭寺转到大昭寺的密室里，在密室门上绘制了文殊菩萨画像，同时又将8岁释迦牟尼等身像挪到了小昭寺。后来，唐军真的来了，可因为相传文殊菩萨是唐朝皇帝的转世，所以没人敢动那个密室，于是悻悻而走，12岁的佛像才得以保存。

从此，文成公主带去的释迦牟尼12岁等身像就供奉在了大昭寺，而尼泊尔尺尊公主带去的释迦牟尼8岁等身像就被移到了小昭寺。

藏民导游说的这些和史实无关，唐朝和吐蕃的确发生过几次大战，但唐军连拉萨的影子都没有看到，就被打得落花流水。这应该很容易理解，平原生活的唐人一到西藏高原，就有高反，根本毫无战斗力。西藏那地方，连横行天下的蒙古兵团都望而却步，何况唐军。

每年去转山在拉萨休整时，我的第一个朝圣地点就是大昭寺。

如果你不去，你很难想象，那短短的一段路上都是藏民的身体。他们在青石板铺就的地上，一个挨着一个，男男女女，老老少少，面向着寺内不知名的所在虔敬地磕着长头。即使你只是普通的游客，也会被眼前的这一切所感动，你在中国的其他地方都看不到这种信仰的盛况，也只有在这里，你才能确确实实地感受到信仰的力量。

磕长头的藏民并非只顾自己修行，每当觉察到身后有人要过去时，他们会友好地让出一条通路，甚至有时候会停下来等路人走过后再继续他们磕长头的动作。

这是一个和外面迥然不同的世界，是一个修行的世界，不论你在外面多风光八面，多失意落魄，或卑微，或高大，只要进了大昭寺，你就是千万修行者中最普通的一员。只有在这里，你才能深刻体悟到平等、虔诚，信仰的力量和碧空万里的心境。

不记得是哪一年，我在大昭寺中看到一对藏族老人，他们衣服灰暗，面色苍苍。稍有常识的人就知道，他们来自遥远之地。历尽千辛万苦的唯一目的，只是来大昭寺朝圣。他们在大昭寺中每一座佛像前都跪拜下去，虔诚得令人肃然起敬，我从他们的眼中看到，他们心中只有佛，来往的人群在他们眼中就似空气。

一时之间，我感觉所有在大殿里叩头、穿梭的人都成了佛。此时，我进入了一个佛的世界，在昏暗浓郁的光线下，你会渐渐地走到释迦牟尼殿，但很遗憾，很多人无缘在这里见到那尊释迦牟尼12岁等身像。我曾问过藏民导游，是因为它弥足珍贵吗？

大昭寺外来朝圣的信徒。

藏族导游告诉我：可以这样说，但你也可以理解为，它的修行生涯异常跌宕，所有人都不希望它再经历那样的事。

这句话很有吸引力，我不禁问他：这尊释迦牟尼12岁等身像经历了什么呢？

藏民导游说，正史记载说，自它被正大光明地供奉于大昭寺后，不知过了多少年，藏王梅阿充去世，大臣玛香·春巴杰执政，开始反对佛教，12岁释迦牟尼佛像于是被弃于风雪弥漫的吉隆山沟。后来，王子赤松德赞除掉玛香·春巴杰集团，迎回释迦牟尼12岁等身像，重新供奉在大昭寺主神殿。再后来，又有藏王达玛乌冬赞毁佛，12岁的释迦牟尼佛像被埋在沙堆里。直到达玛乌冬赞的儿子维松和云丹长大成人，不那么敌视佛教了，人们才偷偷将佛像刨出来。

所以说，这尊神圣的佛像经历了重重磨难，这大概是释迦牟尼想告诉世人：连佛都会经历磨难，何况我们凡夫俗子，所以当困难到来时，不可放弃，不放弃，就是成功。

这种意识，在我于每一个殿里朝拜佛像时，深有体会。我拜的每一尊佛，在生时都有刻骨铭心的磨难经历，他们终于成佛，不仅仅是对佛祖的虔诚，还有对自己的虔诚，他们坚信自己能渡过任何难关，无论是佛还有神山，都喜欢那种具备顽强毅力的人。

走出大昭寺，看到大门口人山人海，都在用自己的方式礼敬这座圣庙，

大昭寺内供奉的酥油灯，给人温暖、温馨的感觉。

不知为什么，我心里很欣慰。这种场景能让你升腾起浩然正气，能让你变得谦卑，放眼去望自己的前程一片光明。

大昭寺里著名的喇嘛尼玛次仁曾讲过一句话：“来拉萨而没有到大昭寺，就等于没来过拉萨。”我同意这句话，似乎没有人会否认这句话，无论是信徒还是游客。

朝拜布达拉宫

布达拉宫正如神山，是神明的杰作，也是神明本身。

第一次和布达拉宫见面，是在宾馆的10层。从窗户望出去，恰好可以看到布达拉宫挺直的后背，我说不出什么感觉，如果不是它那独具特色的白色墙体，我总感觉是在居庸关下仰望城垛。也就是说，我听说的布达拉宫和我第一眼见到的布达拉宫有不少的差距。当然，第二天我见到它的正面时，这种印象就荡然无存了。

那天去拜见它时，天空蔚蓝，万里无云，我看到它的金顶骄傲地映衬着蓝天，轮廓清晰，金光闪烁，整个布达拉宫好像戴了一顶燃烧着烈火的桂冠。

我们一行先在布达拉宫对面的广场，虔诚地注视了它一会。就在我们身边，很多藏民正向它磕长头。在我们身后的公园中，也有很多藏民磕长头，甚至还有背着书包的小孩，他们磕头时没有多余的动作，是那样娴熟，如同天赋。

过了马路，在布达拉宫入口的台阶上，也有很多藏民匍匐着，念着六字真言。而布达拉宫，就那样俯瞰众生，讲述着它的历史。

这是西藏妇孺皆知的一段历史，很多有知识的藏民都说，一部布达拉宫史，就是它和西藏人民的修行史。

在藏民导游的介绍下，我们知道了下面的史实：公元前641年，名震西藏的松赞干布在红山开始建造自己的王宫，这就是布达拉宫，“布达拉”又译为“普陀珞珈”，都是梵语“Potalaka”的音译，为“佛教圣地”的意思。松赞干布始终把观世音菩萨作为自己的本尊佛，据说，观世音菩萨居住于普陀珞珈山，所以自然就用了“布达拉”命名了自己的宫殿。

布达拉宫建成后，共有四座城门，南面的城墙下，挖了深壕，深80尺，宽90尺，长1500尺。上面铺上了精致的木板，木板之上再铺火砖，于是，奇妙的效果顿生：一匹马从上面跑过，听起来“有如万马奔腾”。

据正史记载，建成后的布达拉宫有999间房间，加上宫顶的藏王寝宫共有1000间房子。宫殿上树立着长矛旗帜，旗帜上缚着红绫，风来时，红绫飘飘，煞是好看。飞檐走廊又装饰起各种珠宝、丝绸、风铃，在清风的抚摸下，万铃齐奏，云霄之上都是音乐。

藏民导游介绍说，这并不是最奇妙的地方。最奇妙的是，松赞干布为唐朝的文成公主和尼泊尔的尺尊公主在南面修建了一座九层高的宫殿，用白银和黄铜打造一座桥连接起布达拉宫，桥上也装着风铃，挂着帷幔，两位公主过桥时，桥就歌吟飞舞，两位公主就像是从佛国而来，飘飘欲仙。

今天的布达拉宫，是一座宫殿、寺庙，实际上，它建造的初衷本是军事堡垒。它依山而建，占据险境，可攻可守，有军队驻防，城墙上宽度可以并跑三匹马。

然而，正如佛教所说的那样，苦才是正道。布达拉宫并非始终光芒，它也有不堪回首的一幕。

布达拉宫的命运多舛。公元7世纪至8世纪，它先后遭遇了火灾和雷击，很多宫堡都倒塌。藏王达玛乌东赞时代，佛教遭遇灭顶之灾，布达拉宫和大昭寺首当其冲，被人毁坏得几乎面目全非。再后来，达玛乌东赞的两个儿子微松和云丹互相攻战，拉萨成为重要战场。布达拉宫就在战场的中心，可想而知它的命运。又后来，各地平民暴动，兵连祸结，吐蕃王朝与它共同化为废墟。史载，灾难之后，布达拉宫只有法王洞和圣观音殿两座殿堂留传下来。

从此之后800多年，布达拉宫只把一片废墟留给后人凭吊。直到1642年，五世达赖喇嘛阿旺·罗桑嘉措削平西藏群雄，彻底掌握西藏政权。为巩固自己的政权，他听从幕僚的建议——在红山之上修建一座“宫殿”。

按幕僚的初衷，这不是一座普通的国王的宫殿，它应该成为西藏的政治、宗教中心，甚至是世界的中心，它应该让天下所有的佛教信徒前来虔诚朝拜。当然，最主要的是，这座宫殿还应该是军事堡垒，与哲蚌寺、色拉寺连成一线，互助互望。

三年后的1645年藏历3月26日，新的布达拉宫正式开工。据说开工那天，有很多奇异“瑞兆”出现，五世达赖这样描述道：“在此前的日子里，狂风不时大作，从当天起，晴空碧霄，连一丝微风都不曾吹起，虹光四射，白云萦绕，美不胜收，贵贱人等都亲眼目睹花雨飘落，出现了奇异的瑞兆……开始挖出的都是油质的土，后来出现的都是白土。”

这一工程持续了三年，1648年5月，新的布达拉宫拔地而起，从此后，它成了西藏的灵魂。

今天，当我登上台阶，感受那份宏伟、宽大、厚重，只需看上一眼，就知道它有千年的生命。很多人不禁要问，这样大的工程是如何建起来的呢？

据说，当时西藏所有最杰出的工匠都参加了，清朝康熙皇帝也特别派出了100多工匠来，尼泊尔也派了200名工匠来。你想想当时的情形，天底下最杰出的工匠济济一堂，建造起来的宫殿，该是多么地耀眼。

当时，太阳正停留在布达拉宫顶端，形成一个耀眼的光环。它的确是那样与众不同，除了天庭，世界上没有任何建筑比它高，比它更威严，比它更神秘。

我想起了一位初来布达拉宫的英国人斯潘塞·查普曼的话：“它(布达拉

宫)具有一种桀骜不驯的尊严，这种尊严与其他周围粗犷朴实的大地完美地融为了一体。它还独有一种迟钝麻木、一种一成不变的特质——似乎在说‘我在这里已经有几百年了，我将永远待在这里’。布达拉宫给人这样的印象：它不是由人建造的，而是长在那里的，与周围的环境极完美地结合为一体。”

虽然我对建筑一窍不通，可我依然能发现它的与众不同之处：它在基岩上直接垒石砌墙，墙体敦厚，向内收分，自然稳重，把山体隐于建筑之内，使建筑与山体结合得浑然一体。山体扩大为建筑的基座，建筑好像长在山上，雄伟气势和高耸入云的效果立即凸显。

工匠建造的布达拉宫的最大特点是平顶、高层、厚墙。布达拉宫几乎所有建筑的外墙都是厚重的石墙，石墙用石块、片石、碎石和湿土垒砌。

向导指着宫墙，像煞有介事地说，看，东半部的宫墙是由拉萨一带的前藏工匠砌筑，西半部的宫墙则由日喀则一带的后藏匠人修成。工匠们各出奇招，于是你看，东部墙体笔直尖峭，如果一只山羊从上部滑下，到底下时就成了两半；而西部的墙体则浑圆厚实，讲求流线造型，从上面滚下一个生鸡蛋，到下面也会完好无损。

从布达拉宫出来，踩着台阶，看天上的云彩，不仅油然而生一种敬意，一种对布达拉宫和西藏人民信仰的敬意。

有这样一个故事，有个西方人在布达拉宫前问一位工匠：为什么布达拉宫修建完后，再也没有修建类似的建筑？

那名工匠怒目道：布达拉宫是神明的杰作，是一夜之间拔地而起的，岂是凡夫俗子所能建造的？

也许，这名工匠说的是对的，布达拉宫正如神山，是神明的杰作，也是神明本身。

转圣湖

它就如同神山缥缈的大门，修行者需通过它，才能真正拜见神山。

神山冈仁波齐东南20里有一著名的湖泊，名叫“玛旁雍错”。它是世界上最高的淡水湖，面积412平方公里，湖水最深处达77米。“玛旁雍错”，藏语的意思是：永恒不败的碧玉湖，“错”是“湖”的意思。

第一次见到“玛旁雍错”是在车上。车子正飞驰在去往神山的公路上，我当时正微闭双眼，突然感到眼前湛蓝一片，睁开眼的刹那，我就看到了它。它是一片广阔的蓝，如同西藏的一大片蓝天落到了地上。

我看到它，高反症状突然减轻了许多，我让司机把我们拉到离它最近的地方。我走下车，看着这片一眼无法望到边缘的大湖，心潮澎湃。同行的两个藏民司机蹲下身，念着经文，用手捧起水来喝。

我急忙问他：这水能直接喝吗？

司机笑了，能喝，佛教徒把喝这里的水当作一种福气和修行。

我想都没有想，用双手掬起水来，放到嘴前。那水，的确很好喝，沁人心脾。司机指着湖水对我说，这水是圣水，是神山冰雪融化的水，饮此湖水，可祛除百病强身健体。如果用它来洗浴，则能清除人们心灵上的“五毒”（贪、嗔、痴、怠、嫉）和人肌肤上的污秽。它就像珍珠一样，喝了以后能洗脱“百世罪孽”。如果绕湖转一圈，功德和转山一圈一样。

我看着这面蓝色的天空，惊呆了。司机忽然就唱起藏歌来：金瓶似的小山，山上虽然没有寺，美丽风景已够我喜欢；明镜似的西海，海中虽然没有龙，碧绿的海水已将我留恋……

歌声沧桑，韵律优美，我被吸引。我问司机，你唱的是什么？

司机回答，就是这圣湖啊。“西海”，也就是圣湖。称它为西海，是因为它地处西藏众湖最西面。那个著名的唐僧称它为“西天瑶池”，是王母娘娘居住的地方。据说，“圣湖”底下有108个泉眼，上有广财龙王的龙宫，宫中有数不清的财宝。而宫前长着高大繁茂的“赞布扎西”神树，覆盖凡天下界，给人们送去吉祥与欢庆。所以，来此朝拜的人绕湖一周，便能捡到干鱼、五彩石子或湖鸟的羽毛。这些东西实际上都是龙王的赏赐，被赏赐的人一生将财源广进。

“财源广进”能吸引任何人，但司机说，那只是对其他地方的人而言，或者说，只是对非信徒而言。藏民们来这里转湖，就是修行，为了洗脱百世罪孽，为了来世的幸福。

我们在转湖过程中，看到很多藏民，他们埋头走路，走过他们身边时，听到他们在吟咏各种经文。我看到一个小孩，在湖边试探着伸出手去，沾上一些湖水，急忙地向自己脸上涂抹。

转湖并不比转山容易到哪里去，它周长80多公里，全转下来要走100公里。你沿着它的边缘行走，无论走到哪里，放眼望去，都是一望无际的蓝色湖水。单调、乏味、疲惫，这也许是佛祖让人修行的初衷所在：只有能忍受单调、乏味和疲惫，才有功德圆满的那一天。转湖如此，人生也如此。

据藏民们说，圣湖周边原有九座寺庙，分别是藏传佛教各派的修行地。圣湖东面止贡噶举的修习地色龙寺；东南面的萨迦派聂果寺；南面的格鲁派的楚果寺；西南面的止贡噶举大德果仓瓦的修习地果祖寺；西面的莲花生大师的修习地吉乌寺；西北面的高僧修习洞；北面的竹巴噶举派的朗那寺；东北面的格鲁派的日笨寺。

最名声在外的是圣湖南面的楚果寺。楚果寺建筑简单得可以用简陋来形容，惨白色的墙壁，黑暗暗的窗户，只有那红色的边沿装饰才让人眼前一亮。它在空无一物的湖边，静静地看着转湖的众生，不喜不忧。而众生看到它时，则是极大欢喜。因为它是朝圣者最佳的休息之所。

从圣湖看神山。

但是，楚果寺很小，仅能居住十几名僧人。所以有一年去转湖，来到它门前时，门前已被众多的朝圣者围得水泄不通，它边上的小商店和两个招待所人山人海。司机对我说，有一年，一批尼泊尔信徒100多人来到这里，招待所根本容纳不下，这些人就在寺庙旁边搭建临时帐篷，这就是信仰的力量。

实际上，楚果寺的“繁华”只有三个月时间（6—8月），之前是严寒天气，之后是暴雨季，道路泥泞，根本无法行走，再之后就是大雪封山，楚果寺没有一位朝圣者，当然，更没有一位游客。十几个僧人孤独地在寺庙里修行，靠酥油茶和糌粑度日，没有人抱怨。这也是信仰的力量。

在楚果寺歇息时，我看到了佛教徒们经常谈起的一幕：沐浴。圣湖共有四大浴门，东为莲花浴门，南为香甜浴门，西为去污浴门，北为信仰浴门。楚果寺边上湖滩就是四大浴门之一，据说冬天，冰冻的圣湖只有楚果寺边上的南浴门从不会被冰冻。当然，冬天时，我没有去过，也不敢去。就是在内地烈日炎炎的8月，圣湖湖水也是寒冷彻骨。可很多朝圣者都脱掉衣衫，慢慢地走进圣湖沐浴。那种场景，每想起一次，虔诚之心就会精进一层。

当我脱掉衣衫，走进圣湖时，整个身心似乎都融化在里面，我想，这就是佛家讲的“天人合一”吧，把自己完全地投进大自然，投进圣湖中，当你走出来时，会有一种神圣的脱胎换骨的感觉。

和很多圣地一样，楚果寺附近也有很多玛尼堆，玛尼堆是由刻有六字真言等佛教经文的石头、石板垒成，上面挂有经幡和牦牛头骨。据藏民说，无论你是信徒还是游客，只要在上面放一块石头，并环绕着念诵经文或是许愿，你的愿望就能实现。

在它不远处有一条死鱼，已被日光晒成鱼干，据西藏人说，这种鱼有神奇疗效，能治百病。但我怀疑地问藏民，圣湖里是不允许捕鱼的啊。藏民说，这些鱼不是被捕杀的，而是水鸟，水鸟捉到鱼后，只吃鱼眼等柔弱部位，剩下的就放弃，还有一个传说，这些鱼会在有疾病的信徒来时，主动跳上岸被晒死。

我不知道是否该相信这样的传说，向神山看去，神山也在看我，仿佛它就在我眼前，那天天气很好，我看到神山像一个雪白的金字塔，巨大的冰槽形成像一个佛教的万字“卍”，金光闪耀。

虽然楚果寺名声在外，但我对果祖寺却情有独钟。果祖寺的地理位置很

为了让果祖寺的僧人们出行方便，我捐建了一条石阶。

劣，它在一高高土丘上，只有一条土道蜿蜒而上，步履维艰。为了让寺庙里的僧人更方便地挑水、生活，也为了人们更方便地到这座寺庙朝拜，我捐助了一条水泥台阶。就在前不久台阶已经修建完成，两边放上了转经筒。一面转着经筒，一面沿着台阶而上，朝拜之路就此展开。

佛说，世间有正就有邪，有圣就有鬼，这话放在玛旁雍错和它旁边的拉昂错身上，绝非虚谈。拉昂错就是鬼湖，几乎臭名远扬，在它周边，你只能看到玩世不恭的游客，绝发现不了一个信徒。

两湖相距最近之处只有三公里，而且两湖曾经相连，只是因后来湖面下降，才分了家。至今两湖间还有一河相通，玛旁雍错的水可以流到拉昂错中，但拉昂错的水从不会流进玛旁雍错。

拉昂错所以称为鬼湖，因为它是咸水湖，无法饮用；同时交通状况差，人需绕湖远行。另外，佛教主张安静，圣湖宁静如古井水，而鬼湖常无缘故地波涛大现，使人望而生畏。

两个湖的水色也有区别，圣湖湖水纯净碧蓝，能见度可达几十米，而鬼湖湖水却蓝中带着让人不喜的黑，也许，这下面是妖魔鬼怪的住所。

据藏民说，神山冈仁波齐代表的是阳刚的太阳，意为父神，而圣湖玛旁雍错代表的则是阴柔的月亮，意为母神。还有藏地传说认为，神山是一位母亲，养育了两个美丽，却性格迥异的女儿，她们就是圣湖和鬼湖。

圣湖，修行者必到之地，不仅是因为它本身的神圣，还因为它离神山最近。它就如同神山缥缈的大门，修行者需通过它，才能真正拜见神山。

寻找古格王朝

它是一个谜，将七百年的秘密隐藏其中，却不给你谜底。

如果你今天再去古格王朝，你会发现我下面照片中的很多事物都已不复存在。肆虐的风沙让它神秘地消亡，一如它神秘得历史。

一切事情都应该从吐蕃王朝第十一位也是最后一位国王（赞普）达玛说起。达玛并没有继承权，他是靠政变上台的。上台后，他就开始在吐蕃王国灭佛。经过四年的不懈努力，842年，吐蕃王国佛教势力被连根拔起，但残余仍在。这年夏天，达玛在早已变成屠宰场的大昭寺门前被刺杀。虽然之后吐蕃王国还有几位掌权者，但吐蕃王国气势如虹的时代已一去不回，它的灭亡只是时间问题了。

因为无儿，所以达玛死后，他的正妃林女士当权，林女士立即发现她的权力面临挑战。挑战来自达玛的次妃的肚子，这位女士已经身怀六甲，如果她生的是儿子，那将作为唯一合法继承人而毫无悬念地坐在吐蕃国王的宝座上。林女士巧施奇计，以厚布缠腰，伪称有孕。

几月后，达玛的次妃生下一子，但她一点都不欢乐，她感觉到危险正在逼近，林女士的魔影总在她眼前闪现。她守护自己的孩子，日夜不离。林女士找不到下手的机会，于是把老哥的新生儿抱进宫中，诈称自己生下一子。两位女士各挟其子，借助贵族的支持分别在两地称王，两方都认定自己是正统，对方却坚决不承认，于是整个西藏陷入混战局面，长达三十年。

当然，不仅仅是这两个国王在混战，各地稍具实力的贵族也招兵买马，想浑水摸鱼。一位西藏史学家用慨叹的笔调这样描述混战情景："大国弄权与小政权，众多部与微弱部，金枝与玉叶，肉食者与谷食者，各自为政，不相统属。"有战乱必有天灾，"地震裂，水泉涌，老鼠吃庄稼，民不聊生，死者尸体堆积如山"。普通百姓和奴隶也逐渐加入战乱，"一鸟凌空，白鸟影从，四方骚然，天下大乱"。895年，奴隶兵团杀掉了达玛次妃的儿子的儿子贝科赞，贝科赞的儿子吉德尼玛衮被迫向西藏西部遥远荒凉的阿里地区逃去。

2008年10月初，我站在古格王朝的废墟前，想到这段历史，仿佛看到吉德尼玛衮仓皇逃亡到这里的身影，我想，吉德尼玛衮从马鞍滚落下来，因被追杀而起的恐惧和饥饿让他趴在地上，不能起来时，他永远不会想到，就是因为

古格王朝随着岁月的侵蚀，已然消失不见。如今的旅行者恐怕再难看到如此壮观的王朝遗存。

他，才有了神秘莫测的古格王朝。

吉德尼玛衮运气很好，当时战火并未烧到阿里地区，他被在神山和圣湖之间的象雄之王扎西赞收留，而且把女儿嫁给了他。吉德尼玛衮不负老岳父的期望，用大半生东征西杀，逐步兼并了阿里地区。当他年老时，把三个儿子叫到面前。他说，我把你们分封到三个地方，从此后，你们要自力更生，互相帮助，不可互相攻伐。

三个儿子领命，长子贝吉衮占据芒域（今克什米尔南部），次子扎西衮占据布让（西藏普兰县境内），幼子德祖衮占据象雄。后来，贝吉衮建立了拉达克王国，扎西衮建立了布让王国，而幼子德祖衮建立的王国就是古格王国。

古格王国从诞生那一刻起，就注定了佛教在阿里的全面复兴。德祖衮的长子柯日为了弘扬佛法，居然把王位让给弟弟松埃。从高高在上的国王到卑微的贱民，全国上下都信仰佛教，自此后，笃信佛教、崇尚佛法就成了古格王国的基本国策。

经过五代国王的虔诚和不懈地努力，到古格王国第五代国王赞德时，古格王国已成为西藏佛教圣地，通往古格王国的漫长道路上，僧侣和信徒们三五成群、络绎不绝。

由于把王国塑造成佛教圣地，古格王国由此成为阿里地区三个国家中力量最强大的一个，最风光时，它统治了拉达克王国和布让王国。

时光缓缓地流淌，古格王国屹立于神山和圣湖之间，散发着它那夺目的光芒。光芒万丈之下，没有人预料到，古格王国会突然衰落，销声匿迹。导致这一重大历史事件的是两个西方传教士的到来。

1624年8月，两个葡萄牙天主教徒翻山越岭，出生入死地来到了古格王国的首都扎不让。安德拉德神父本已心力交瘁，可看到扎不让，马上像打了鸡血一样复活。据他后来说，他当时看到突兀而立的土山城堡轮廓在夕阳映照下如同镶上一周金边，神秘庄严的形象顿时让他瞠目结舌，山下佛寺传出的诵经声回荡在整个扎不让城上空，仿佛是佛祖在空中读经。他叫了起来，说：“我的

历史风云变幻，古格王朝由盛到衰，如今看到的只有数不尽的唏嘘和慨叹。

主啊，这一切都是你的安排。”

这句狂呼的背后大有深意。天主教在17世纪时已传到印度，并在印度设立了多个分部。天主教徒都有一种百死不回的气概，把传播上帝的福音当作终身大事，只要被他们发现有人类居住的地方，都是他们传播福音的战场。来到古格，看到人烟凑集，繁华盖世，狂热的上帝信徒安德拉德马上就如淘金者发现了黄金。他蹦蹦跳跳地从山上跑下去，一直跑进了古格国王赤扎西查巴德的王宫。

面对两个相貌古怪的西方人，赤扎西查巴德异常警惕，他不知道这两个怪物来这里干什么，当通过印度向导得知二人的来历后，赤扎西查巴德转动眼珠，露出了身为国王才有的高贵微笑。他对安德拉德神父说，你们的教义，我的略懂。大家都是宗教徒，也就是一家人，一家人就不说两家话，你说吧，来到这里到底想要干什么。

安德拉德神父回答，我们想在这里建造教堂，传播上帝的福音。

赤扎西查巴德没有表示同意，却也没有表示不同意，他命人安置好两位上帝的信徒，接下来的三个月里，他让人带着这两人到处行走，安德拉德行走在扎不让的大街小巷，眼前百姓的虔诚心更是激起了他必须来传教的欲望。1624年11月份，他辞别赤扎西查巴德，他说，他要回总部报告这里的潜在信徒资源，他要来此传教。

赤扎西查巴德足足考虑了三个月，现在，终于拿定主意，他给安德拉德一封信，要他带给安德拉德的领导，信中说，我允许安德拉德在此传教，希望他能速去速回。

赤扎西查巴德之所以做出这个决定，和当时的情势有关。当时的古格王国内部，已酝酿着极不稳定的因子。古格王国是政教合一之国，国王经常受到上层喇嘛们的干扰，赤扎西查巴德当时就面临这样的情况：以他弟弟为首的寺院喇嘛们时刻威胁着他的统治。当时，他有两种选择，一种是和他弟弟搞好关系，一种则是引入外来宗教排斥藏传佛教。

这就是历史的命运，他选择了第二种方法，同时就选择了古格王国的厄运。

1625年8月，安德拉德回到扎不让，得到了赤扎西查巴德的大力支持，一座宏伟的教堂在扎不让的中心地带拔地而起。赤扎西查巴德以国家的名义发布命令，安德拉德可在整个古格王国控制范围内传教，凡是阻止安德拉德传教的人，就是挑战他的权威，他必以雷霆手腕惩治这种人。

古格王国的上层喇嘛们骚动了。他们劝阻赤扎西查巴德，不要追随这些陌生人而背弃先辈传下来的古老信仰。赤扎西查巴德置若罔闻。他们又请求赤扎西查巴德能到寺庙里小住一段时间，涤荡灵魂，看清天主教邪恶的本质，赤扎西查巴德执迷不悟。

喇嘛们想不到国王如此冥顽不灵，于是和传教士展开多次辩论大会，双方就基督教的神学和佛教的轮回谁最代表天理进行了激烈的争辩，如你所知，没有裁判的情况下，宗教争论永无定论。

不过，藏传佛教毕竟是古格王国的本土宗教，古格全民信仰它，它占据了天时地利与人和。安德拉德费了九牛二虎之力，用了两年时间，才在古格王国发展了十二名教徒。这是个非常糟糕的成绩，丢尽了上帝的脸。

安德拉德对赤扎西查巴德抱怨说，教徒之所以不增长，全因为喇嘛势力太大，最直接有效的办法就是削弱他们的实力。赤扎西查巴德已走火入魔，对安德拉德的话言听计从，马上下令全部喇嘛立即还俗，所有寺庙财产充公。在藏传佛教为灵魂的古格王国，这样的行为必会引起反抗。反抗毫无悬念地发生了。1630年夏天，安德拉德好像得到上帝的信息，要他赶紧离开古格，于是他迅速离开。他一离开，扎不让的喇嘛和贵族们就发动了兵变，进攻赤扎西查巴德的王宫，赤扎西查巴德的卫队顽强抵抗，暴乱者无法攻克，灵机一动，想到一个绝妙的主意：向统治克什米尔的拉达克借兵。

前面说过，拉达克王国始终生活在古格王国的阴影下，现在有机会摆脱古格王国的影响，运气再好一点，可能还会取古格王国的国运，没有任何道理不会出兵。

达拉克兵团很快兵临扎不让城下，在内应的帮助下，迅速围住王宫，开始持之以恒地攻击。赤扎西查巴德此时才发现自己的行为引起的恶果，他希望在最后时刻得到补救，以求佛祖的谅解，补救的措施是，投降拉达克兵团，请求拉达克兵团不要伤害他的卫队以及整个古格子民。

拉达克口头应允，可当赤扎西查巴德和他的军队放下武器，出城投降后，拉达克兵团食言了，所有士兵都被屠杀，古格王国的子民在不久后就发现，自己是在引狼入室。他们觉得已不配生活在这个佛国，于是纷纷离开。这也许就是古格王国十万余人，突然销声匿迹的原因。

古格王国就这样覆灭了，只留下了残迹供后人凭吊。

2008年10月2日，我来到古格王朝遗址，一进入它方圆2000平方公里的土林属地开始，我就有种异样的感觉。关于土林，有必要补充一下。“土林”名字中虽然有“土”字，但在百万年前，它却是一片大湖。由于喜马拉雅造山运动迫使湖盆升高，水位线下减，岁月流逝，逐渐冲磨出了惟妙惟肖、层次分明的“土质建筑物”。你看到它时必然会发出惊叹：它们静静地矗立在那里，堪称鬼斧神工，简直是天作！

我看到土林时，就有种奇妙的感觉：我可能来过这里，也许是前生，也许是前前生。总之，我对它的亲切之情油然而生，通往遗址的路上，我多次让司机停车，在地上捡起一草一木，端详着，贪婪地嗅着，在某些个瞬间，我仿佛看到了古格王国的辉煌，就在遗址上慢慢拔起。

700年辉煌历史、十六代国君，独步西部，谁都不敢和它争锋，结果一夜间却灰飞烟灭，如同玛雅文明一样，从人类历史上神秘地消失了。我之所以这样说，是因为我上面讲述的那段历史也不过是后人凭些蛛丝马迹的猜测之史，它也许是真的，也许是假的。直到今天，古格王朝到底是怎么灭亡的，也没有定论，上面的历史，只是大多数人同意的历史而已。

站在古格城遗址的下面仰望它，你会看到残破的王宫在悬崖上显得孤独无助，高不可攀，还有那种想攀上去却极为局促的感觉。王宫四周全是悬崖，只有一条暗道通到顶部，在出道口，只需放一个士兵，就能让千军万马无可奈何。

我想，当时的赤扎西查巴德国王一定想过把敌人堵在这条暗道里，让他们永远都见不到他的一根毫毛。可是他居然放弃，主动投降。也许，他归根结底还是个慈悲的佛教徒，他不想让更多的人和他一起受苦受难，所以他选择了投降。

我们顺着暗道吃力地爬上去，时间很长，一方面是氧气不足，一方面是里面狭窄，使不出力气来。越向上爬，越有触摸天庭的感觉，云层和群山都在脚底下，直到登顶，才豁然开朗。山顶上的皇宫虽然颓败，可残留下来的气势依然雄伟，寺庙寝宫一应俱全。

从上面俯瞰整个古格王朝的属地，层层绵绵的土林和远处的雪山一眼望不到边，根本无法想象当年这里的辉煌和繁荣。

明亮的阳光照在古格王朝的城墙上，闪耀着金色的光芒，正如几百年前安德拉德神父第一次见到古格城时一样。它和周围的土林融为一体，像一座天然的城堡，见过内地皇宫依山傍水的秀美和临海之滨的气势后，你再看到这海拔4000米、依托2000平方公里山体而建的高原皇家气派，那种激动的心情是无法用文字描述的。

详细地观赏时，你能发现很多东西。比如拉达克兵团在王宫下修建的进攻堡垒，有条不紊而深邃，真不明白，那些拉达克士兵在那种情况下居然还有如此雅兴，把进攻的堡垒修建得那样完美。放眼望去，还能看到已成断瓦残垣的民居和政府部门，它们失去了一切生机，仿佛已死了一万年。

就在废墟中，我捡到了一块古代兵器的断刃，它已经生锈，模糊不清。我不知道它当时是否沾染了古格人民的鲜血，还是拉达克士兵的鲜血，无论怎样，它现在已成死物，和古格王国一样永远地死去了。

在那个传说中屠杀古格投降者的藏尸洞中，里面密集地垒了三层干尸，

土林仍在，王朝何处追寻。

它们都没有头颅，自然也没人知道它们的头颅去了哪里。在一个佛国，居然有如此残忍的事发生，这是人性的悲哀，佛祖如果面对此情此景，必会发出喟叹。

在离开古格遗址时，我想到了这样一段话：它是一个谜，将700年的秘密隐藏其中，却不给你谜底，只留下王朝遗址这张巨大的修行图，让世人对它慢慢地寻觅，在寻觅中修行。也许功德圆满那天，世人才会找到谜底。

GAR
ACASS
ACE

他们不怕苦，不怕痛，尘埃满面只为心中的信仰。

他们用身体丈量大地，以虔诚叩首神灵。

第五章

转山众生相

如果你对西藏宗教没有丝毫兴趣，就不要去西藏。因为西藏是神佛的乐园，在这个几乎全民信佛的地方，你就不可能理解那些磕长头、转神山、圣湖的人的行为！

用身体丈量大地

他们满面尘灰，衣衫褴褛，却依然坚韧安详地用身体丈量土地。

网上流行这样一句话，借以渲染去西藏的神圣感：“如果你对藏传佛教没有兴趣，就不要去西藏。因为西藏是神佛的乐园，在这个几乎全民信佛的地方，你就不可能理解那些磕长头、转神山、圣湖的人的行为。”

的确，在西藏，尤其是在转山途中，我遇到最多的人就是那些虔诚的佛教徒，他们来自天南地北，抱着同一目的来到神山，用他们力所能及最虔诚的方式朝拜它。最引人注目的当属藏地佛教徒。他们衣衫褴褛，尘土覆面，用磕长头的方式转完神山一圈。

磕长头，我在前面一节提到过，难度很大。当地的藏民却一直不停地磕

茶馆主人，山脚3年，接待转山者万人。

十五15天到二十天，如果没有一颗虔诚到极致的心，我相信，很难有人可以坚持下来。

我曾遇到一位从拉萨磕长头来到神山的藏民，从拉萨到神山，接近1700公里，连他本人都不知道走了多久，磕了多少头，才来到神山的。他一抵达神山，就开始磕长头转山。

在神山背后的卓玛拉山口，我遇见了他。下坡的时候，即使走路也非常危险，但他一丝不苟地完成每一个动作，那幅场景如果不是你亲眼所见，你根本不能感受到从未有过的震撼。很多人都说，当他们看到路上磕长头的人群时，眼泪会突然夺眶而出。他们也不明白是什么原因，我想，可能是人类灵魂深处最震撼心灵的虔诚触动了他们，你想想，他们满面尘灰，衣衫褴褛，却依然坚韧安详地用身体丈量土地，在阳光照耀下，他们的身躯时起时立，机械般

背着小孩转山的藏族妇女。

地永恒重复着一个动作，这种场景，你又怎能不被震撼到？！

2014年在转山的路上，遇到很多藏民，他们大多数都是拖家带口，有的甚至还背着婴儿。我问过一位背着小孩的藏族妇女，自己转山就已很艰难，为何还要背着孩子来？

那位藏族妇女露出朴实的笑容，她的汉语说得很流利。她告诉我们，每个西藏人从出生到去世，都把修行当成是人生中最重要的事，修行越早越好。所以，西藏人带着小孩，甚至是婴儿来转山，没什么稀奇。倒是我们讶异的眼光让她们莫名其妙，因为这在她们看来是最正常不过的事情啊。

我第一次转山时，对路上那些磕长头的藏民大为叹服，转山的次数多了，也就习以为常。大概是，所有神圣的行为在神山面前，都是小儿科。无论

独臂磕拜者，家乡尼木县，25天转山1圈。

你的修行方式是行走还是磕长头，神山都一视同仁，都是最大的修行。

藏民的虔诚，是你无法理解，甚至是不可理喻的。休息时，司机看着神山严肃地说，忙完这段时间，我必须转山了。我问他，你现在不是在转山吗？

他笑了，说，我是在转山，可是在陪你们转山，这是工作，不是修行。我要磕长头转山。

他说这段话时，轻描淡写，就好像我们晚饭之前说，该吃饭了，对他们而言，每年最虔诚的转山和我们每天都要吃饭一样。

一种深深根植于灵魂深处，甚至是与生俱来的修行，使得藏民与其他民族明显不同。

拉姆，磕拜者，日喀则，第二圈，每圈20天。

磕拜者，转山者，背夫，1000圈。

转山路上的兄弟俩。

只有玛尼堆暂时能让朝圣者停止前进，因为他们会在玛尼堆上加一块石头，默念六字真言后才会离开。

动物·背夫

神山周围的一切万物都在围着神山转。

在一次转山途中，我看到一条虔诚的长毛狗。据向导说，这条狗是神山的常客，每年到转山季节，它就会跟在任何一个转山客的后面，转山客走，它也走；转山客停，它也停。一位司机告诉我，他在几年前的转山过程中，遇到一条小狗，始终跟着他，转完全山。后来，他就把这条小狗带回家，他说，这是神山赐给我的礼物，我不应该推辞。还有一次，他在转山途中遇到一只猫，那只猫本来在风雪中瑟瑟发抖，可看到他时，却精神一振，在两天的转山途中，这只猫和他形影不离。现在，他的家中有一条狗和一只猫，司机说，他们可都是转过山的，是神狗、神猫。

背夫并不仅仅是男性的专利，在神山近一半的背夫是女性。

像是被神山吸引过来一样，神山周围的一切万物都在围着神山转。有人曾对我说过，他们有一次转神山，一头野驴在他们不远处时停时走，若即若离，如同向导指引着他们，直到转完神山，野驴才消失不见。

藏民们的虔诚，可能还表现在他们对高反症状的适应。神山脚下的藏民，早上6点出发，晚上7点就能转完一圈。这种速度，是其他地区的人无法比拟的。

去神山转山的人还有一种人，他们是虔诚的佛教徒，但从来没有把转山当作是修行，这些人就是背夫。

背夫的年纪都不大，年轻力壮，专业给转山人背负重物。有的人虽然不到三十岁，但至少已转山百圈。我曾问过一位背夫：你转山100多圈了，怎么还没有立地成佛？

他能听懂汉语，而且说起汉语，水平很高，并且对转山有很深的认识。他说，我们转山收客人的钱，这不是虔诚的修行，所以我们转一万圈，也不能成佛。

我笑着问他，既然你知道这不是虔诚的修行，为何还要当背夫？

他严肃地说，等把你送走了，我会自己转山，现在是工作，之后我会去修行。

说完这段话，他马上又变回活泼，几乎是蹦蹦跳跳地向前小跑。我有时对他们这种行径大为羡慕嫉妒恨，你走得是那么艰难，而他们就在你面前晃来晃去，更让人气愤的是，有时候他们会跑到前面几百米处睡一觉，当你走到他们面前时，他们好像未卜先知，一骨碌爬起来，拿出水杯，倒上水给你。你喝完水气喘吁吁时，他们又跑远了。

当然，和他们在一起转山，是很快乐的。他们有独到的开玩笑的手法，在某次转山中，一个小背夫指着走在前面的我的队友，小声说，他肯定转不下来。

我那位队友人高马大，哼哼着，仰着脑袋向前挪动，据我的经验，他应该是转不下来。于是我问小背夫：你有什么根据吗？

小背夫捏着自己的脸，向外面拽了拽，说：他肉多。

正如小背夫所料，当天晚上休息时，我的队友躺下去，第二天死活不起来，转山成为泡影。

像这位“肉多”的转山人，我遇到很多。他们没有信仰，来神山，只是

路上遇见和母亲一起转山的小姑娘，她那微笑的表情和八年前那个小姑娘的表情一样。

来旅行，再向深里谈，无非是挑战极限。这些人当中，十个中转下来的不会超过四个，绝大多数人都会在中途放弃。即使完全转下来的人，因为疲惫和高反，也发誓绝不会再来。

小背夫们的幽默还表现在另一方面，这就是“善意的谎言”。记得有次转山，我的一个第一次去转山的朋友高反严重，疲惫不堪，多一步都不想走，他问小背夫：到休息站还有多远？

小背夫非常认真地告诉他：不远了。

可他昏天黑地地挪了一小时，还没见到休息站，又问：还有多远？

小背夫双手比画着说：翻过这道坡，前面就是了。

咬牙翻过那道坡，连休息站的影都没有，我的朋友有点急了，气急败坏地问：到底还有多远？

请小姑娘帮忙“指路”。神山下的孩子们笑容总是很纯真，即使面对的是一个已经被烈日灼成了黑炭脸的我。

小背夫这次指天发誓：真不远了，就在前面，前面一点点。

我朋友几次三番地问，小背夫几次三番地回答：就在前面。

我那位朋友后来转完山后，对我说，如果不是小背夫那些善意的谎言，恐怕我真就走不出那么远。后来我明知道他们在说谎，可听到他们说“就在前面”的话时，心中立即充满希望，浑身激荡起继续走下去的力量！

是的，我这位朋友说得对。转神山过程中，最怕的就是绝望，只要有了希望，就有圆满转下来的动力。

转山众生就在神山脚下，景仰神山，而神山就在那里不动声色地看着转山众生相，人来人往。

行者

自第一次完成转山后，我就喜爱和朋友们讲述转山中的故事，并积极怂恿他们也去转山。也许是我说得够精彩，打动了他们，也许是我的执着让他们慢慢动了心，总之，这八年里身边不少同事、朋友都在我的影响下去转了山。

我不知道转山对他们来说是否愉快，是否有所收获，对人生是否有所裨益……

一念之慈，万物皆善

■陈淑妤　作者的金刚兄弟

皈依佛门多年，每天上香礼佛，勤于功课，朋友们都说我进步很快，我表面虽笑而不语，但心里却也沾沾自喜。谁知一次转山的经历彻底改变了我的态度，让我知道什么叫修行。

2008年初，我和上师泽秀仓、师弟厚霖在西藏做慈善，活动结束之后，记不得我和厚霖谁提出了去神山，没有做任何准备就央求上师和我一起去转山，上师微笑着应允了。

外地人来到西藏，一般都会有高原反应，有的症状还特别严重。当时，我比较幸运，虽然头痛、呼吸不畅，还是比较轻微，不像厚霖，惨白、嘴唇发紫、头痛欲裂。但是转山的愿望是那么强烈地吸引着我们，我和厚霖相互鼓劲：神山如果允许你来修行，就必然会让你经历磨难。

我们带着勇往直前的决心去经历转山的修行。来到神山，厚霖的高反更加厉害了，而我刚刚开始转山时还可以，随着路程的增加，体力也渐渐不支起来。但我当时的想法很简单，就是不能给上师添麻烦。

我的担心是：如果厚霖出了事，我也出事，上师该照顾谁？所以，虽然体力不支，可我仍然奋勇向前，一来是给上师和厚霖看，我没有事，你们不用分心来照顾我；二来是我尽量向前，到前面等他们，借此休息。或许是用力过猛，转到山后时，我早已身心俱疲，一步都不想再走。本来，转山到这里时，应该休息了，上师虽然不觉得苦、累、寒冷，但考虑到我俩的情况，也建议可以第二天继续走剩下的路。但因为没有经验，再加上急于求成，我们听了两个当地向导的意见，决定克服困难，连夜翻过卓玛拉山口。

由于神山的海拔较高，无论早晚都必须穿较厚的衣服，我和厚霖当时根本没有这么厚的衣物。夜黑得可怕，冷风卷起雪花，打着脸，用刀割形容并不过分。走了一段路，我确信自己真的走不动了，为了不耽误大家的行程，我决定骑马。我以为骑上马，会好一点，想不到让我刻骨铭心的痛苦不知不觉地来了。骑马虽然无需消耗体力，但也没有了走路带来的身体热量。每骑出一段路，就要停下来等上师和厚霖，停下来等待时，冷风疯狂地袭击我，前后左右，我感觉无处不透风，无处不寒冷。超越我生理和心理极限的寒冷！

如果不是身临其境，你根本不能理解“冷风如刀”这样的话。那种冷，我至今想来都不寒而栗，海拔5000多米之地的风可真“疯”，简直像箭簇一样射到我身上，我无处躲闪，无法抵挡。我只好爬下马，哆嗦着，不知不觉竟然钻到马肚下面，这大概是人在寒冷时无意识的行为，总感觉有个遮蔽物就会好一些。我就像那个卖火柴的小女孩，在刺骨寒风中希望找到一个温暖的地方。

翻越陡峭的垭口时，我不能也不敢再骑马了，由两个藏民左右架着我，现在想来，就是“拖”着我，不知费了多少力气，才翻过垭口，又不知被“拖”了多久，才看到一架简陋的帐篷。掀开破烂的帘幕，里面十几平米的地方横七竖八地躺了几十个人，早已人满为患。我和厚霖好不容易在人堆里挤出两个空地，蜷缩着，也不管压着谁的胳膊、谁的脸，连挪一下的力气都没有，便沉沉地睡了过去，我沉入梦乡，这可能是我有生以来睡得最香甜的一觉。

第二天起来，我走出帐篷，看到的一幕却让我泪流满面、终生难忘：我的上师就坐在帐篷外，一动不动。回想昨天到帐篷时的情景，我看到上师被藏民领了出去，我以为外面还有帐篷，当时根本就没有想过，上师居然在外面坐了一夜。

就在那一刻，我突然感到自己的自私，感到了上师的仁慈！整个路上，尤其是翻越垭口时，寒冷占据了我整个心，除了等待，我的心思都在自己身上，我未想过上师和厚霖在冰天雪地里匍匐；当我骑在马上，我也未想到他们为了让我减少等待的时间，一直在用尽全力，加快速度；而最让我感到愧疚的是，上师被藏民领出帐篷，是因为整个帐篷里再也挤不下一个人，而我竟这点都没有想到。

就在那一刻，我真切地感受到了上师的慈悲和伟大。上师把温暖留给了他人，自己却选择了冰天雪地。那是一种净化的爱、升华的爱。就好比这神山，干净透明、毫不保留。中国有一句话叫“仁者无敌”，用佛教的话来说，就是慈悲没有对手，慈悲可以克服一切磨难。只要我们有一念之慈，万物皆善；只要我们有一心之慈，万物皆庆。

就在那一刻，我也真正懂得，诵经、礼佛只是修行的一部分，而我们每天的生活、工作都是一种修行，我们只有行和生活结合起来，修行合一，才能领悟到佛的真谛。

这次转山让我体会到生命的无常，慈悲的力量，坚定的信念。修行，永无止境。

这里，阿里

■樊永梅　I Do基金志愿者

第一次跑到西藏，是2006年北京至拉萨火车刚开通的时候坐火车去的，时间短，只够在拉萨、林芝、日喀则拜拜寺观观湖，伸手可及的天空、灵动如鱼的云朵、清澈绿莹的湖水，足够秒杀眼球，但一趟下来，不免失落：景致虽好，游人也是如织，只能急急"到此一游"。

这趟出行的遗憾在2009年补上。那年8月，作为I Do基金的一员前往阿里开展"西藏行"慈善活动——这真是一趟堪称艰苦但不同寻常的旅行。从拉萨一路西行，人迹渐少而地势越来越高，手机信号时断时续，高反挑战不断升级，住行条件越趋简朴，一切都在表明：阿里，即使在西藏，也是如此特别。

是的，这个叫"阿里"的地方，被称作"世界屋脊上的屋脊"，平均海拔在4500米以上，空气含氧量只有内地的一半多点儿；这里一年有半年是冬季，且"十里不同天"，一天温差有时达到30度；这里交通不便，有的地方不通路，即使现在进出也靠越野车为主。但是，忽然出现的星点般羊群，在山口层层叠叠猎猎作响的风马旗，还有鲜艳明媚的格桑花，笑容灿烂的孩子，都让这个人烟稀少之地充满生机，也让我丝毫没想到过危险——即使被高反击倒，即使在前往措勤时碰到雨雪一路在河床里泞行直到半夜12点……第一次意识到在这里的确是可能出人命的是在前往扎达的路上。

进入扎达，车在土林的山谷夹缝中穿行，两旁是铺天盖地的黄色，古堡、碉楼、宫殿重重叠叠不断涌到眼前，而这些庞大的“建筑群”都是大自然纯粹的鬼斧神工之作。还没从这些从未见过的诡谲景象中回过神来，前车忽然向后退过来。这里的山路极窄且陡峭，车队一直是缓慢行进，此时前车正在拐弯上坡处，忽然没前兆地往下溜，离我们的车不过四五米，而我们的车同样处在拐弯处。那一瞬间，忽然想，不会我们就在这里翻下去挂在这里了吧？！连冲了四五次，前车终于顺利拐了上去。带着仍然过速的心跳，我们继续淹没在不断变幻的土林中。不甘寂寞的云堆在车窗前晃动，风声从山谷中钻出来，天空明暗不定，这里仿佛一个精心设计的迷宫，无边无沿，越入越深。

当古格王朝的遗址扑面而来，这段行程也走到迷宫最深处。10世纪中叶至17世纪初，古格王国雄踞西藏西部，鼎盛期达十万之众，弘扬佛教，抵御外侮，在西藏吐蕃王朝以后的历史舞台上扮演了重要的角色。据说，1630年，与古格同宗的西部邻族拉达克人发动了入侵战争，古格王国就此灭亡。据说，真正让古格文明消失不见的不是战争，作为当时各派力量最集中的地方，扎达是朝圣者必会朝拜的地方之一，脆弱的象泉河谷地的生态环境因此难以负重，战乱不过加快了摧毁古格的步伐。

今天的古格故地，只有十几户人家守着这片空荡荡的废墟，而他们也非古格后裔，当日人头攒动的古格人已经不见踪影。当年繁华的都市变成了茫茫荒漠，断壁残垣、坍毁的洞穴、倾圮的佛塔，静静散落在土林荒原中。

多年之后，我想这段旅程、这幅场景仍会在脑海中浮现。我们没有被埋没在无边际的诡谲的土林中，而有幸被一段不认识的历史吞没，细细地看每块石头、小心攀上每个台阶，从窗眼探查每个洞穴，就好像我们曾是这里的一员，又好像未来的某一天我们被某些人查看、猜测。

而当我们再次上路，我们仍将看到，盛开的格桑花，灿烂的孩子，迎风招展的五彩经幡。

世间除了生死再无大事

■郝蕾　演员，浮屠身心灵工作坊创始人

认识厚霖不短的日子了，听他说起转山也有很多次，听他描述转山的过程是享受的。神秘、遥远、信念、超越……这些词语在我的脑海里不停地萦绕，盼望着有一天自己也能去一趟那神秘的冈仁波齐。直到今年，随着转山的愿望越来越强烈，又是藏历大年，马年又是我的本命年，就在6月顺理成章地奔赴了西藏。

我从进藏一直到冈仁波齐脚下的小镇，整个过程都相当地顺利，没有什么高原反应，这种情况下我对自己可以顺利完成转山充满信心。路途中与同行的朋友们多次聊到厚霖，因为他是我朋友里转山次数最多的，我把从厚霖那里听到的经验和精彩的故事分享给大家。我们都是第一次转山，没有任何的心理上的防御措施，尤其想到每次厚霖转山回来都意气风发的神情，我没有任何的担心，更不会认为其实是充满危险的。

我们用了两天的时间转完冈仁波齐，第一天还好，路途比较平坦也不是特别缺氧，每每感觉有些累的时候就看一看身边不远处神圣美丽的神山就又浑身有力地走了下去。重点在第二天，从大本营出发的第一步就是爬山，海拔5200米的情况下开始爬，艰难的情况可想而知。路上已经有人倒下了，我们的队伍里其他同行的陌生人里不断地有人坚持不住了，身边也有快步如飞的藏民匆匆而过，对当时的我来说这简直是两种诱惑。既希望像藏民一样迅速到达，又想像倒下的同伴一样干脆放弃，在内心不断的纠结中终于到达山口的脚下。

我们几乎像到了极乐世界一样兴奋异常，稍作休息后就开始快速登顶，到山腰的时候还不断地拍照自拍，丝毫没有感觉到最大的困难马上就要到来。快到山口的时候我看见大片的经幡和玛尼堆在我前方，我问背夫那里是不是山口？他们回答我是的。由于已经感觉到严重缺氧，所以想着靠不断地吸氧来做最后的冲刺，可谁知道当我用极快的速度冲刺到那片经幡里的时候，才发现这里并不是山口，山口还有一段不近的距离。我的内心彻底崩溃了，加之之前爬山速度过猛氧气已经呼吸不进我的肺里了，我的眼睛开始模糊，意识开始不清醒，我感觉到了死亡在向我逼近。这时有路过我的藏民开始询问我的同伴要不要帮忙，我冥冥之中听见身边有人在念金刚萨埵，突然好像来了一阵微风，马上要窒息的我捣上了一口气。然后我们默念着经文以五秒钟挪一步的速度终于爬上了山口。

当开始下山的时候，心里真是感慨万千，脚下的路无比之崎岖都已经根本不算什么了，心里一直在重复着仓央嘉措说的："世间除了生死再无大事。"下山后第一时间想给厚霖打个电话，厚霖居然跟先知一样提前给我发了微信，此前他并不知道我去转山，或许这就是缘分吧。我跟厚霖说：打心眼里佩服你的毅力，这么艰难危险的条件下你居然连续那么多年每年在坚持转山！厚霖一笑说：今年我已经转了九圈了。

——借此小文以表达我对像厚霖这样对信仰信念坚持不懈的人们深深的敬仰之情。转山转的不是山，是修为，是境界。

转山的“转”

■韩国辉　旅游卫视总裁，中国最年轻的卫视掌门人

我特别喜欢转山的“转”字，出发和结束在一个点上，看似寸步未动，实际已行万里。

我从两年前就有了转山的念头，但直到今年6月才完成了自己的第一次转山。原因有二：

一是工作忙。2012年，我和厚霖一起去西藏做慈善一起转山，但后来因为我临时有事，不得不折回。今年年初，本来想和厚霖一起，可有事脱不开身，直到厚霖转完九圈回来，我还在忙。

二是身体差。一个生活在平均海拔几乎为零的北京，平时都以车代步的

"胖子"要跑到平均海拔在5000以上的冈仁波齐，一步一步走着转山，听起来都很困难。

工作忙好克服，但身体方面的问题确实够呛。我到西藏后，高反果然就来了。我的高反很奇特：在海拔低的扎达有高反，但到了高的地方反而没了；再就是，白天没事，晚上崩溃。在扎达的一个晚上，非常严重，以至于不得不坐110去医院打吊瓶。打完吊瓶之后，虽然很多症状消失了，但晚上睡不着，睁着眼睛到天亮。

调整了几天，转山开始了，却又在开始时遇到"麻烦"。我们雇的藏民司机不愿意载我们："看你的样子，转不下来，所以我不跟你转了。万一你转到半路不行了被救护车拉下去，我也得跟你回。"我不服气。不过，这个司机的话倒是给我提了个醒：转山在很多藏民看来是很神圣的事，转半圈是很不敬的。

上路！

开始时很顺畅，但几小时后，步履开始沉重，越走越慢。虔诚的藏民、骑着马的尼泊尔人和印度人、健步如飞的背夫，纷纷从我们身后赶来，然后超过我们。千万不要只相信那些文学电影艺术里描述的转山的美好，总的来说，这还是一个体力活儿，你甚至没有力气聊天。

不过在我看来，在转山中还有个特别有意思的事，那就是去看转山的人。

有一个小姑娘，和她的队友走失了，我们把登山服借给她，旁边一个女孩收留她住宿，另一个人给她食物。大家都不认识，但毫无理由、毫不保留，很难得。

酒店里也非常有意思。藏民们在外面搭起帐篷，然后用石头垒一个简单的灶头，做糍粑。尼泊尔人则做咖喱。内地人煮泡面。当大家都开始补充能量时，整个酒店的走廊里，充斥着咖喱味、泡面味、糍粑和酥油茶的味道。那种感觉，很好！活着的感觉！

第二天爬海拔5600米的垭口，凌晨3点就出发，雨雪纷飞，深一脚浅一脚地跟着前面的人走。8点多，太阳出来，我们已到山顶，回头望去，在惊讶中我暗自庆幸。自己已经走过的这段路在正常的情况下应该在路口立着一个牌子："前方危险，此路不通！"如果当时是白天，我相信可能真的会因难却步。翻越了最高的垭口就是下山路，爬过山的人都知道："上山容易下山难。"这几公里路要用脚尖点地，脚很快被磨出泡。

最后十公里的路，是最崩溃的。从老远的地方就能眼睁睁地看到终点，可就是怎么走也走不到。好不容易走到了安检所，一般来说，过了这里就算转完。我还硬是把最后的那几公里走完了，不，是挪完了。

回到酒店大堂已是晚上8点，我让同行的人赶紧带我回房间。他说："房间在二楼。"我当时就火了："谁这么傻！把房间订在二楼！为什么会在二楼！"因为我真的已经没有力气走那几级台阶。

回到北京，我已经可以像很多以前羡慕的朋友一样，在聊天中“炫耀”自己转山的经历。说起途中喝到的酥油茶、帮助过的离队的小女孩和一路走来的风景。在聊天中，说得最多的是苦：走不动路的累、脚上的疼和呼吸的困难。

后来渐渐发现，原来自己更愿意在一个人的时候回忆转山。慢慢明白，无论你与多少人同行，转山注定是孤独的，因为你要完成的是自己与自己的对话。每当身体被逼到极限，疼痛和疲劳交替袭来的时候，你的心却在一次又一次迎来充沛的经历和无限的热情。

我特别喜欢转山的“转”字。

走过山走过水，最后走回原点。

看过山看过水，最后看回故里。

悟过山悟过水，最后悟回自己。

西藏，后会无期

■何怡男 I Do基金志愿者

去转山前，一位转山多次的专业人士提醒我很多注意事项，说得最多的就是高原反应，简称高反。他告诉我，高反的症状有很多，典型的就是头痛欲裂，上气不接下气。

他说得煞有介事，我却不置可否。这缘于我一向对专业人士的怀疑，他们总是大惊小怪，很怕事不够大，譬如医生。

我的轻率让我付出了代价。刚下贡嘎机场，整个身体如飘浮在空中，周围的一切变得异常遥远，我的脚步似乎深陷棉花堆里，想到专业人士的话，我知道这是内地人初到西藏时的基本反应。吃饭时，李总说，不要吃饱，我不太赞同。早上五点起床，空腹向首都机场赶，到贡嘎机场已是中午，肚子咕咕叫，居然还不让人吃饱，真没天理。

我吃得很饱，在回拉萨酒店的路上，我渐渐感觉到大脑沉重，原本想欣赏西藏的蓝天白云的心情，一扫而空。抵达酒店不到十分钟，传说中的高反向我发起了进攻。

首先就是头痛，那种头痛不是我们平常感冒时的头痛，更不是神经性头痛，而是一种你说不出来的痛，好像是你脑子里有个气球，慢慢充气。随之而来的就是动作迟缓，自己真切地感觉到，所有动作都变得慢了。只要稍有一个大动作，心脏马上会砰砰乱跳，使你不得不慢下来。

我这时才想起那位专业人士的话，高反很可怕，深不可测。我想，有时候专业人士的话还是要听一听的。去西藏这件事对我的人生有非比寻常的意义，它使我懂得权威的重要性。

专业人士说，每个人到西藏都会有高反症状，只要适应几天，就会消失。然而，我始终不明白的是，为什么我在拉萨适应了三天，却越来越重。

那天早上从拉萨出发去阿里时，我都要放弃了。但可能是神山特别想见我，在最后一刻，我还是咬了咬牙，跟着大部队上了有生以来遇到的最艰难的地方——阿里神山脚下。

那是一条漫长的路，我们走了两天，晚上在半路一个破旧的旅馆休息时，我被憋醒无数次，和我睡同一房间的是个医生，我总把他推醒。他以为我痛苦的呻吟是在做噩梦，我气急败坏地告诉他，您这么多年在西藏，难道不知道这是高反症状吗。这位神医说，知道，可没有见过你这样的，你在拉萨都待三天了，怎么还这样严重。

我说，这就不是我能回答的问题了，向您请教。

神医翻了个身，没有回答我。

吊诡的是，抵达神山脚下，看到神山时，我的症状出其不意的好了很多，倒是在拉萨时，我一位生龙活虎的同伴严重起来。我想，这可能就是因果循环，有些事，你永远逃避不开，只是来早与来迟。

李总要我们在神山脚下待一天，适应新的海拔。我豪情万丈地说，明天转山和后天转山有什么区别吗？

李总脸色青黑，当然这不是他生气，而是他正在高反。他严肃地说，高反无法预测，没有规律可行，你今天可能很好，明天大概就趴下了。今天趴着呢，明天可能就好了，所以不要掉以轻心。

我赞同李总的话，因为他来西藏已经多次，他有这方面的经验。而且眼前就有活例子为证，那位在拉萨活蹦乱跳的队友，现在正躺在床上，吸氧、吊水。

第二天下午，我的精神头逐渐降低，傍晚时分，我的肺部有点问题，稍一用力喘气，肺部就疼痛不已。医生用专业的设备为我检查一番，然后沉思冥想了几分钟，最后得出诊断：不是肺水肿。

那到底是怎么回事？

还是高反，医生自信地说，明天早上如果还有这症状，我劝你不要转山了。

这是我最不愿意听到的，如果这句话在拉萨说，我马上收拾行装回北京。可已到了神山脚下，再让我原路返回，我死都不肯。

出乎我意料的是，第二天早上，我的精神又回来了，肺部也不疼了。我觉得这是好兆头，但同时也心情忐忑，因为老子说，福兮祸之所倚，是件事，有好就有坏，所以我必须加倍小心才是。

转山途中，上午时非常好，我险些就走在队伍的最前面。但一过十二点，大逆转开始了。我走十分钟就要歇息十分钟，有那么几次，我强烈要求自己不要歇息，可我意识到如果不停下来，我马上就会摔倒在地。下午三点时，我们走到第一个休息站，我倒在椅子上，再也不想起来。神圣之地，本来不该说脏话，可我还是在心里说了一万遍脏话。

当时休息站没有镜子，也许有，但我没有看到。我想，镜子里的自己肯定是半死不活的样子，就像是从一残破不堪的矿场，刚挖掘完贵重金属的工人，满面尘灰，眼神迷离，一副即将要离开人世的情状。

休息完毕，李总出来对我们落在后面的几个人说，不要着急，慢慢走，再走三个小时，就可以到达过夜的地方了。

我问身边的藏族小背夫，再走三个小时就能到达过夜的地方吗？

小背夫怀疑地看了我一眼，说，我可以。

这意思已很明确地告诉我：你未必。

果然，小背夫没有说谎。那段路，狂风肆虐，道路崎岖，九转十八弯，一会上坡，一会下坡，足以把人折磨得死去活来。

我几乎全凭一双腿的条件反射，向前挪。挪了三个小时，吸了两次氧气，还是没有看到目的地。我问藏族小背夫：还有多久？

他居然在我眼前，蹦蹦跳跳地说，快了，翻过前面那道梁就到了。

我向前方看去，那道山梁离我足有一千米。在那样海拔的地方，一千米等于内地的十万米。

这段路该怎么走？我有个绝佳的主意：掉头回去。

向后一看，千山千水，小路迢迢。如果不是有人在路上，我真想躺在地上大哭一场，向后走，不可能，只能向前。

不知道走了多久，总算看到了那个过夜的简陋的旅店，我终于把自己挪进了旅店的房间，躺到床上，发誓：再也不起来了，就让我躺在这里，一直到世界末日吧。

回京途中，在机场，我对着蓝天白云，回味这段西藏生活，不，确切地说，是高反生活，我发誓说，西藏，后会无期。

不是你不美，不是你不诱人，实在是在高反面前，我无福消受你的美，和你的神圣。

只要信念在，就不会被打败

■李鸿菲　作者的姐姐

当厚霖第一次转山回来，我从光盘里看到他转山的整个过程。画面里，只见他艰难地行走着，在肆虐的暴风雪中，他用力地从接近他人那么高的雪地里拔出一条腿、再踩下去、再拔出，一步一步地往前挪……我的眼泪一下就止不住了。

厚霖每年都去转山，连着八年了。每次他出发前，我都想和他说，别去了。但每次话到嘴边，又咽了下去。我没有阻止他，因为我知道阻止不了。虽然平日里，他是一个性情中人，但在做每一个大的决定和决策时，一定是非常理性的。我知道他一定是想好了。转山虽然很痛苦，甚至会有生命的危险，但他既然决定去，就一定有他认定的理由。而我唯一能做的，就是一次又一次地走进佛堂，为远方的他祈福，保佑他平安。

今年，他在神山脚下待了一个多月，转了九圈神山。就在他转完第七圈的时候，他给我打电话，说要再转两圈。我突然就冒出一个念头，想去体验一下。我想亲身去感受一下他所经历的那种痛苦，更想去挑战一下自我。

于是，就在8月份，我和几位同伴上路了。

一下飞机，高反就猛烈地袭了上来。头疼、乏力、昏昏沉沉。到晚上吃饭时，我已经完全不行了，双手抱着脑袋，一直想往车上撞。吊水、吸氧，依然没有缓解，生不如死。

我们在拉萨调整了4天，才敢出发去神山。谁知，在去神山的路上，又有人出状况。这位同伴咳嗽不断，呼吸困难。他说整个肺部像烧开了的热水一样，咕噜作响，难以喘息。我们没什么经验，坚持到塔钦，才给他输液。两天之后，看上去没问题了，我们又开始转山。结果，转山路上他就倒下了。到卓玛拉垭口下的旅舍时，他整个人接近濒死状态，嘴唇黑得吓人，连说话都没了力气。我们不得不找来救护车，把他送下山。

后来我们才知道，同伴得的是肺水肿。肺水肿是非常危险的高原病，如果不及时吸氧或输液，很有可能会死亡。现在想想，真的很后怕。

当转完神山，回到塔钦的宾馆，我几乎是瘫在床上。其实在神山脚下的几天，我一直胃疼、拉肚子，几乎脱水，偏偏又连水都咽不下去，整个食道像着火一样的疼。我不知道自己是怎么挺过来的，脑海里只有一个信念，就是转完。不管遇到什么情况，不管身体允不允许，就算爬，我也要爬出去。放弃，连想都没想过。

我觉得人一定要有一个强大的信念。只要信念在，就不会被打败。这次能顺利地转完一圈神山，全凭信念支撑。我突然特别能理解厚霖每年都坚持去转山的理由，或许正是这种痛苦和生命的不定数，这种顽强的信念和自我挑战，让他可以完全置身于自己的精神世界，给予他拿起和放下的勇气。

转山是一场身体的冒险，更是一次思想的旅行。它敞开自己，始终都在路上，恰似无尽的人生。

没有为什么

■山月　I Do基金志愿者

在出发去西藏神山转山之前写下了下面的话，那时我觉得没有为什么，就是想要去。历经十多天归来，我可能不会再说“没有为什么”，因为我知道“没有为什么”里面饱含着绝对的为什么。当你不是跟从着别人，当你自己主导你自己，当你不是只为你自己，徒步58公里，变得一点也不艰难，所有的艰难就像补充能量的营养液一样，让你更坚定地走下去，并且，不会是只有一次，可能是每一次。

在走过10公里的最难的冰雪覆盖的乱石急坡，到达海拔5630米的卓玛拉山口时，我清醒得要命，没有任何高原反应，全身充满了力量。挂好了经幡，坐在雪地上祈福、深思。面对雪山，置身漫山遍野的五彩经幡世界中，多少人的祝愿多少人的祈福都在其中。

坐着坐着，就忽然泪流满面，无声地痛哭。双手覆冰，头顶雪地，我忽然间明白，我转山转水不为与谁相见，不为美景不为祈愿，只为能与自己坦诚相向，赤裸的不加任何修饰的真实的自己，写下祈愿又如何？许下誓言又如何？我能或不能，都不能证明什么。完全面对真实的自己的时候，没有了负担，了无牵挂。

这一小时，是我有生以来最重要的一小时，这就是为什么要来，要再来。来了，才会知道。

为什么要去？为什么还要去？

这一次，又要出发去西藏，去阿里，去神山。很多朋友的疑问，为什么还要去？就像五年前他们问为什么一样。

我说不清为什么，没有理由就是最大的理由吧。

要先回忆一下五年前的那次转山才行。一直向往西藏高原，但从没想过第一次就可以去拉萨、阿里、土林、古格王朝、圣湖和神山。即便是走到了神山脚下，我也从没想过我能或不能徒步走完这神山一圈，我只是想，别人可以走完，我应该也可以，尽管我瘦弱了些，尽管我高反严重了点。但是，还是有点过分相信自己的忍耐力。

因为缺乏转山经验，在忽冷忽热的行程中，出了一身汗的时候被忽然而至的山风吹感冒了，夜晚到达山中唯一宿点时，已经全身冷得抖个不停，钻进睡袋里，永梅给我盖了三床被子，我还是冷得发抖，一直是半梦半醒的昏睡状态。永梅和雪刚他们终于寻得了一些柴火烧了一些热水，煮了一些方便面，叫醒我过去烤烤火吃点热的食物，能缓解点高反和感冒。到了厨房，烟熏火燎的样子，我连一分钟都坐不直，只能靠着同事半躺着，张着口喘着气，半死不活的样子。这个时候我对自己是无能为力的，还不是绝望的感觉，就是觉得无能为力。这时候，我才知道，李总也感冒了，并且伴着发烧，他的高反也很严重。但是他坚持着吃了一些东西就睡下了。

第二天凌晨4点钟起床，吃了点食物就要继续赶路，必须要在中午之前翻过海拔将近6000米的卓玛拉垭口，否则，天黑之前将走不出神山。但是我，已经寸步难行，我只是觉得冷，可能我穿的衣服不够多，冲锋衣加抓绒衣根本不管用，痛彻心扉地冷。走几步我就要停下来，大口喘气，永梅和曦予过来给我搓手，雪刚把他的羽绒马甲给了我，还有谁把他的手套也给了我。但是，依然未见好转。李总好像没有感冒过似的，一直走在前列，看着他前行的背影，我觉得我拖大部队的后腿了，我这样子走下去，今天是肯定走不出神山的，我很内疚，于是我决定骑马了。我一直以为，我可以坚持，像大家一样走出去，但事实上，时间不等人。

转山的路并不平，很多时候是没有路，走的人多了也看不出路来，我骑在马上，感觉更冷了，马儿深一脚浅一脚地走着，我冷得双手插在口袋里也不愿意扶一下，一度迷糊着要睡着了的样子。牵马的人一个劲儿地跟我说话：姑娘你用手扶着点，上山的路不平，别摔着。姑娘你醒醒，别睡着了，这里是高原，睡着了就有可能再也醒不过来了。姑娘，这是下坡的路，你得下马来，不然很危险……

因为骑着马，走得比大家快一些，渐渐把他们甩在身后，穿过海拔最高的卓玛拉垭口时，天是阴的还下着雪，我以为翻过这个山口就快到了，但是翻过来下了山，又继续上山，大部队离我越来越远，氧气、补给都在后面，呼吸越来越困难，体力越来越不支。我问牵马人，还有多久到休息站，牵马人说：快了，翻过这座山。但是这个问题我问了五六次，在每次深一脚浅一脚下完山又上山时，牵马人的回答总是：快了，翻过这座山。绝望的感觉开始滋生，我翻遍所有的口袋，找到一小块巧克力和一个棒棒糖，这是昨天路上发给大家时剩下的，这是我所有的能量补给。我坐在地上哭了，无声地流泪。吃完了，继续上马赶路，此时，我真是怕一躺下就再也醒不过来。

不知过了多少小时，不知经过了多少次上山下山，马夫终于说：姑娘，翻过这座山就是休息站了，这次是真的。我在马背上想要号啕大哭，却流不出泪来。休息站，就意味着转山的路基本结束了一大半，剩下的路就不再是障碍了。到了休息站的帐篷，我一头栽下来，躺在土袋做成的休息垫上，天旋地转，恶心呕吐，周围人声嘈杂然后又渐渐远去，我进入了半失去意识的状态……

直到永梅她们第二拨下来，发现了我，扶我起来，给我灌热水，给我拿氧气瓶子吸氧，我总算活了过来。昏昏沉沉又等了一个多小时，杨菲下来了，她是被雪刚和杨波架着拖下来的，涕泪横流，据说，她在山顶已经绝望得哇哇大哭，以为再也见不到爸妈了，甚至都用手机给家人录下了“遗言”。

下午2点多的时候，才见李总最后一拨下来。雪下得正大的时候，他应该刚好在山上做法事，祈福活动做下来估计要一个多小时。在那样高的海拔的山上，在风雪交加的天气里，感冒和发烧还在继续，高原反应丝毫未减，他就那么坚持着。我也不明白是一种什么力量让他坚持着，我记得当我终于坚持不住选择骑马时，他说他就是爬也要爬出去。

他到达休息站的时候，已经虚弱得很，吸氧、吃药、喝热水。然而，休息完之后，他又像一个正常人一样精神抖擞地出发了。出山的路虽然好走了很多，但并不平坦，他走得飞快，我骑着马都被落在了后面。

我们是在晚上八九点钟真正走出来的，出山的那一刻，是从什么时候算起呢？应该是从铺天盖地的短信进来时算起，看到久违的亲人的信息，不觉热泪盈眶，感觉得又活过来了，过去的这两天，像是过去了一个世纪，像是去另一个世界里走了一遭，像是做了一个极富冒险色彩充满刺激和挑战的梦。

坚韧的生命，需要转一次山

■王一涵　中艺博国际画廊博览会创办人

转山，很早就从身边的朋友那有所耳闻，但从未想过自己要去转。2014年的转山，纯是机缘巧合。4月份的一天与一位认识已久的活佛晚餐，即将结束时，他对我说，你今年该去转转山。我没问为什么，只是回答说，是，我也想去。佛家讲究禅语，可能“你应该去转山”就是一句禅语，问或者不问，禅语本身就是答案。

即使这样，我也并没真的下定决心一定要去。几天后去了巴黎度假，有一天坐在街头的咖啡馆，看着阳光下来来去去的行人，我突然觉得我不仅仅应该来巴黎，也应该去阿里。从之前转山朋友那里知道，西藏的生活很艰苦，海拔很高，转山过程中的辛苦难以想象，因此父母对我去转山的决定大为惊讶，更是无比担心，但我做了决定执意前往。我想恐怕这就是机缘，人生中很多注定发生的事情，其实都是机缘所使。没有理由，也不必问结果。

即使对阿里的艰苦条件早有心理准备，可身临其境还是颇感难耐。住的所谓宾馆，墙面斑驳，阴冷潮湿，仿佛回到了影视剧中的20世纪60年代。据说这已经是神山脚下最好的宾馆，很多转山人因为找不到地方住，就在外面支起帐篷当作宾馆，大风一起，帐篷如狂魔乱舞，似要挣脱地面而飞上天。

我应该是转山客中比较幸运的，因为我没有太严重的高反，让我最痛苦的一件事就是体力不支带来的无力感，徒步行走五十多公里啊，碎石路、齐腰深的雪、望一眼就不寒而栗的陡坡，下山之后，最后一段回营地的路，我实在无法坚持，于是便骑了马往回走。这个在很多人眼里不够完美的最后一段路，却给我带来了整个转山过程中最深刻的感受。之前一天半的徒步，虽然艰辛，但因有朋友陪伴、照料、抚慰，仍然有依靠及安全感。最后半天，一个人骑着马，跋山涉水，时而峭壁，时而浅滩，很多时候，前后不见任何人的踪影。天、地、人，都离自己是如此之遥远，恍惚中，觉得似乎是行走在前世的故乡。或许生命的本质就是这般孤独与旷远，我们每个人都需安静地独自行进在自己的道路上。

转山之余，在阿里一路上所见所闻也带给我很多内心的惆怅与震撼。身处繁华大都市的我们，根本无法想象阿里当地人生活的艰苦。多年来，受身边许多朋友影响，偶尔也做些慈善，援助那些需要帮助的人。但直到这次去阿里转山之前，我对那些生活在困境里的人的印象是极模糊的，不太客气地说，如果你不身临其境，你的慈善就是一种居高临下的怜悯，就像是走一个流程，整个过程是理性甚至是漠然的。只有你融入那个环境，真正感受那些人的生活状态，你才能真正理解真正的慈善是发自内心的关怀与自我需要的付出。

转山回京后，很多朋友问我为何突然去转山？我不知该如何作答。我想除了信仰以外，机缘是其中之一。还有一点，是我个人对生命的理解，一个坚韧的生命，可以过得了都市雅致的生活，也应该能适应粗糙的岁月，可以在巴黎街头漫步，也可以在阿里的荒野风餐露宿。

在冈仁波齐神山白雪皑皑的山口，许多人对着漫天经幡五体投地念经许愿。我也跪下叩头行礼，为亲人朋友及不认识的灾难中的世人祈福，在那一刻，我舍弃了自己，这，或许就是神山给我的礼物。

神山使我宁静

■谢娜 红杉资本中国基金副总裁

虽没有正式皈依佛门，但多年以来对佛教特别感兴趣，并且始终秉承佛家“向善”的教导，奉行不移。特别是认识厚霖后，他每年都会用虔敬和激动的心态诉说着转神山的经历，让我感动，于是有了必须要去转神山的念头。

遗憾的是，总是很忙，没有时间。直到今年（2014年），知道厚霖在神山脚下住上两个月，转九圈。这一行为激励了我，终于撇开一切，下定决心，去了阿里神山。

对神山脚下生活条件的艰苦，我早从厚霖那里早有耳闻，所以面对简陋的宾馆，彻骨的寒风，毫不惊异。我当时对自己说，这是个好的开头，因为我的心面对这一切时，很宁静。

但很快就不宁静了，高反症状毫不客气地找上了我。头痛、低烧，最要命的是胃痛，夜里睡觉时会被痛醒，跑到外面呕吐。

让我惊喜的是，当我转山时，这些症状居然减轻了。我当时想，这是不是神山的力量？或者是，佛的力量？又一想，应该不是吧，厚霖这个虔诚的佛教徒转了这么多年，为什么每次都受高反的折磨，痛苦不堪？

当然，这个问题很快就从我脑海中消散了，转山路崎岖难走，呼吸困难，脑子里根本没有精力想这些事。而随之而来发生的一件事，又让那个问题去而复返。

转山时，我和厚霖的一个师姐一起。她高原反应很厉害，所以走了一小时，她就步履沉重，脸色惨白，眼神迷离。她几乎挪着步子，声音发颤对我说，我想喝水。由于我们的水都在背夫那里，而背夫可能是嫌我们走得太慢，都跑到前面去了。我让她坚持走下去，可能背夫就在前面歇息呢。还没有走几分钟，我听到她低弱的声音：我太累了，想睡一会儿。

一种危机感立即袭上我的心头，厚霖说过，转山中最怕疲惫不堪想睡觉，他见过有人睡下就再也没有醒来。我搀扶着她，用尽全身力气喊她，你千万别睡，坚持一会儿，到了前面就有休息的地方了。

她没有回答我，但脚步却在向前。我就这样“拖”着她走出了几十米，不知不觉间感到扶着她的压力减轻，看了她一眼，她的整个身体已不像刚才那样倚靠着我，而是渐渐站直，最后完全脱离开我，快走起来。

瞬息之间，我不知道这一奇迹是怎么产生的，只听到她在念一篇佛经，声音越来越大，发自丹田，深沉有力，佛音袅袅。我几乎被震住了，现在想想，一篇佛经，就让一个几乎无法行走的人瞬间脱胎换骨，世界上还有什么事比这更神奇的呢？！

这是神山的力量？佛的力量？

我想，兼而有之吧。正如一些虔诚的佛教徒所说，当你在神山脚下虔敬时，神山就会眷顾你，让你获得巨大的力量！否则，那些匍匐在路上，用最虔敬的心去触摸大地，磕长头的藏民怎么能圆满地转完一圈？要知道，我们徒步还艰难万分，而他们却用磕长头的方式转神山一圈或几圈。每当我看到满面尘土，向着神山跪倒时，我就莫名地感动。也许在这种感动里，有一半是为他们的虔诚和意志，另一半大概是对有这么多虔诚的转山人来转神山，而对神山发自肺腑地崇敬！

转山回京后，有人曾问我，和从前有什么不同吗？当然有不同，但我不知从何说起，转山带给我的，是一种说不出道不明的收获。我开始专心以佛家修行的方式修行，每当打坐不能静下来时，我会看神山的照片，你不会相信，很快我就能静下来。

在这忙碌纷扰的世界，有几人能真正宁静下来？而能宁静下来，就是我转神山最大的善果，也是神山赐予我的最圆满的礼物！

勿忘初心，方得始终

■杨菲　I Do基金志愿者

曾在一本书看过一句话：“每一个还没去过西藏的人，都深信有一天会踏上那片土地；每一个离开的人，都深信自己还会回去，因为将魂留在了那里。”

神山、圣湖、白云朵朵；

草甸、牦牛、溪流淙淙。

白塔、酥油灯、高高的玛尼堆；

风马、转经筒、五彩的经幡。

红衣的喇嘛、磕长头的信徒、

阳光下庄严的红墙、酥油灯掩映的经堂，

还有神山驿站那个孤独的守护者……

西藏的一切，仍历历在目，仿佛闭上眼睛就能听见袅袅的梵音佛唱。

它是我永恒的记忆，是我血肉组成的一部分。

2009年夏天，我23岁，那是我人生中的第一次转山。

8月的塔钦，常常在黄昏的时候起风。路边残旧的哈达和藏民房顶祈福的经幡，在风里猎猎作响。

在转山途中，遇到许许多多磕长头的虔诚信徒，他们黝黑的脸庞，风尘仆仆。语言不通，在四目相对时，却会对你微微一笑，双手合十，轻诵经文。

第一个晚上，转山途中，天空突降大雨，温度骤降。我们夜宿山中。凌晨，雨停了，高反却越发严重。索性爬起来，到院子去吹风。凛冽的寒风扑面而来，却意外缓解了高原反应。

天上有月亮，脚下有泥土，内心一片寂静清明。

不远处有灯火跳动，我走近一看，原来是驿站的主人，一个藏族大妈，正在生火做饭。

我看了看表，才凌晨3点多。大妈热情地招呼我过去，让我坐在锅炉旁取暖，用生涩的汉语和我聊了起来。

闲聊得知，这个驿站从她父辈开始便有了，父亲去世后，她16岁便开始待在这里，鲜少离开，一晃30年。

每天凌晨3点起床，烧好热水，打好酥油茶，熬好清粥，做好糌粑和馒头，等待晨光微曦，给转山的人提供热气腾腾的早餐，让他们有力气继续赶路。遇到一路磕长头过来的转山者，提供热水和食物，分文不取。

“每天抬头看神山，低头生火，每天做同样的事情，日子就这样一天一天地过去了。”她淡淡地说着，平静得仿佛在述说别人的故事，内心自然焕发出来的良善和岁月沉淀后的面容，像被岁月笼罩上一圈温柔的光。

修行积蓄，雁过留痕，这是岁月的力道与恩典。

一心一意，是这个世界上，最温柔的力量。

我们都太缺少寂静了，每天被纷繁喧嚣的工作和生活的琐碎，满满包围，忙着忙着就把什么都给忘了。

在俗世的一片喧哗中，我们的心是迷失的，照不见自己，也照不见这个世界。

真正的善良就是尊重自己的感受。

让那一颗与生俱来的善良、真诚、无邪、进取、宽容、博爱之心，不应该迫于时间和环境来改变。

转山中最大的幸福，就是不停地“看见”原来“看不见”的，然后，自由地成为自己原本想要成为的模样。

如果是一颗圆润的石子，何必要强迫自己作为砖瓦砌入高楼。认真地去做一枚铺路的石子，踏踏实实，在属于自己的道路上，平静地走下去。

高原里浩荡的长风不语，来去无心的白云不语，神山圣湖不语，它们从来都是如此，为了一个朴素的信仰，可以永生永世静坐于此。它们将赐福于那些脚踏实地、一步一叩首虔诚朝拜的信徒。

那一个朴素的信仰是：

旅途遥远，勿忘初心。

我是掉队者

■曾小芳 I Do基金志愿者

第一次看到去神山的行程路线时，我吓了一跳。从拉萨到神山冈仁波齐，海东安排了两天的车时。“要开两天吗？”他用力地点了点头。

我其实不信。

拉萨到冈仁波齐，1199.7公里。但凡有点数字概念的人，都会知道海东所言是真。但我没有。数字于我就像毫不相干的火星之物，就算它再傲然挺胸、理直气壮地摆在面前，我依然可以视而不见。有时候，我还会形成自己的一套数学逻辑，比如，没有24小时到不了的地方。

可最后，真的开了两天。一直开、一直开，开得人绝望。

我们是早上6点出发，到第一天晚上的休息地时，已近凌晨。我已忘记是怎么下车的，又是怎么爬到酒店的房间？迷迷糊糊中只听到一个浑厚的声音："她必须要吸氧，还要打点滴。"接着，两根吸管一样的东西插进了我的鼻孔，手上又紧接着被扎了一针。一种气体、一种液体，同时进入我的身体。我只觉得胃里一阵翻腾，但已经没有东西可吐了，就连水，都一滴不剩。

"要吸多久的氧气？"

"你就一晚上吸着吧。"

"不是说会有依赖性吗？"

"那好点你就关了吧。"

他教了我开关的技巧，就去看望其他队员了。据说，李总的高反更严重。

大概过了半小时，我试着关了氧气。又过了半小时，我决定打开它。可是，拧开关的力气全无。氧气罐就在手边，我伸手就能够着，却拧不开。我从未这样受挫，或者说，绝望。想哭，可觉得眼泪也是能量，忍住了。隐约中，残存的意识只有四个字：我不想死。

到神山脚下已是第二天下午6点。在路上的时间，整整48小时。已自行弃疗的我被大家的欢呼声惊醒。"快看，神山！"我条件反射般猛然坐了起来，爬下车，使劲撑开厚重的眼皮。远处，一座被白雪覆盖的山，凛然傲视着一切。我觉得它不像山，更像一把剑，直插云霄。旁边的李总已经开始行朝拜之礼。他整个身体匍匐下去，三叩九拜。就在起身那一刻，他突然声音哽咽："不知为什么，每次看到神山，都很感动。"随后，几颗大粒的泪珠滚落。这一幕把我看呆了，确切地说是吓呆了。一个平日威严、理性，看起来不食人间烟火的商业精英，突然在大家面前袒露自己真实脆弱的一面，我有一种说不明道不清的感受。

但我能理解他的感受，对一个佛教徒，转山是最好的修行。可并不是所有的佛教徒，都有这样的佛缘，能够来到神山，能够完成转山。今年已是李总第八年转山，他与神山之间的情感，也许远不只是转山。

一天的休整适应时间，转山正式开始了。凌晨6点，天还未亮。我们在黑暗中做了一个必胜的姿势，便迈开了双腿。说来也奇怪，到神山脚下后，我的高反一扫而光，除了睡觉容易被缺氧憋醒，其他和在平原上无异。但这并没有让我摆脱 "拖后腿"的命运。也许是人长得小，腿儿短；也许是平日太少运动，总之，出发不到一小时，我就被狠狠地甩在队尾。

同伴给我算了很多数字，比如一共多少公里，到下一个休息站多少公里，一共要转几天之类，我一概没听进去。于我而言，转一圈是一个遥不可及的目标，我只要追上队伍，然后跟着队伍，最后到哪里，都不是我的事。我咬定这个目标，走得更坚定，结果，被落得更远……

当队伍再也看不到我们几个队尾时，同伴说肾脏疼。我一听急坏了，束手无策，只能哆哆嗦嗦地给随行医生打电话。

“药品都在休息站。”

“休息站在哪？”

“白色帐篷。”

我努力地往前看，道路一直往前延伸，茫茫无际，哪里有白色帐篷？！

我承认那段路大概是我有生走得最痛苦的一段。“走了多久了？”“一分钟。”“现在呢？”“两分钟。”就这样，把分钟当小时，把绝望当希望，不知挪了多久，一顶白色帐篷映入眼帘。同伴说，就在那一刻，他把轻生的念头抛弃了。我们像着了魔一样，风一般的速度走到白色帐篷，然后，砰然倒下。

我至今都记得同伴在倒下前的豪言壮语：“以前觉得钱很重要，现在觉得，钱什么都不是。谁能让我立刻回到北京，多少钱我都出。”几个月之后，在北京我又见到他，聊到事业和生活，他说：“钱好像又重要起来了。”

这大概是转山带给我们的意外。在那一刻，你感受，你顿悟，你超然。不过是能在世俗的生活面前，抵挡得更久一点。

在 离天堂 最近的地方 与你相逢

■张海东　摄影师

四年里，六次进藏，转山九圈，这是一种缘分。

2009年，在电视上看到了一期节目，讲的是I Do基金在西藏救助的事情，那些画面就永远定格在我的心中。心想如果以后能借助手中的相机为那里的孩子做些什么，那将是多好的事情。

2010年，机缘巧合，我来到了恒信，成了公司的一名摄影师，进入公司后才知道，董事长李厚霖先生每年都要去一趟西藏，在得知这个消息后，我知道去西藏的愿望将会在这里实现。

2010年8月，I Do基金爱心慈善西藏行项目启动，作为摄影师，我有幸被编到I Do基金这支充满爱和活力的队伍。当飞机在拉萨落地，近乎透明的蓝一大把一大把绽放在头顶，神一般的指引，我感觉人生的视野第一次铺展得这么广阔无垠。在这个充满神秘色彩的地方，虔诚的信仰，古老的文化，执着的藏族人，当然少不了最头疼的高反，我用相机疯狂地记录着一切，当然更多的是基金同事们和西藏孩子们的灿烂笑容，以及在这些灿烂笑容背后隐藏的坚强乐观。同时，我也第一次领悟到信仰的力量。

2014年的神山朝圣之旅再次让我圆梦。跟随李厚霖先生的脚步，再一次来到神山冈仁波齐。可是，这一次真的与众不同——转冈仁波齐神山九圈。这意味着要在平均海拔5000多米的地方住上一个多月。随行的一行人因为不同程度的高原反应，走了一拨又一拨。最后仅剩李厚霖先生和我，我用手中的相机记录下转山中的坚持的困苦、相逢的快乐、信仰的坚定。再一次见证了李厚霖先生的意志与虔诚，这就是信仰的伟大力量。

所有难忘的一切不会因为时间被遗忘，因永恒。冈仁波齐就在这里，它引领我们来到它的身边，因缘分。

转山攻略最强的一招，就是心。有毅力坚持下去，就是最强大的转山攻略。

第六章

我的转山攻略

转山，不知什么时候起，已成为很多人的梦想，尤其是马年，据说这一年转一圈等于其他时间转13圈，所以转山很快在周围蔓延而开。转山固然神圣，也令很多人向往，但并不是你想去就能去，想转就能转完的。拉萨海拔3650米，冈仁波齐海拔6721米；从拉萨到冈仁波齐，两天一夜，1200多公里；转一圈神山，两天一夜，50多公里。这样的高海拔，这样的四天两夜，可以带给你一段难忘的心路，也可以会让你生不如死。

去西藏的准备1：身体保障

无论你是哪里人，只要你所居住的地方 海拔不高，来西藏前，你都要谨慎地审视身体。因为西藏海拔很高，初来乍到，肯定高反，为了预防危险的事发生，下面的事项必须要注意。

千万不要感冒，如果患上感冒，请尽快治疗，倘若去西藏前一天，你还在感冒，为了你的安全着想，应该取消西藏之行。

进藏前两周最好服用红景天（正规药店均有销售），这种药能增加血氧含量，抵抗高原反应。不过，这种药的药效有多大，取决于人，有人服用一个月，到西藏后仍然高反。2014年转山时，一位队友在北京服食红景天一个多月，到阿里地区后，比其他人的高反症状还严重。

保证充足的睡眠，休息好，心里不要紧张。如果你问内地人，转山容易吗？他们会说，很艰难。但如果你问藏民这个问题，他们会不以为然地说，你没问题！无论你听到的是哪种回答，记住，请不要紧张，一旦紧张，你的高反症状就会加重，到那时，转山就成了登天的事。

如果你有严重的高血压、心脏病、（支）气管炎、糖尿病，那还是请你放弃西藏之行，因为那地方实在不是这些患者的乐园，而是地狱。

或许有人认为，去西藏那种艰苦的地方，应该有副好身体。如果没有好身体，应该临阵磨枪，拼命锻炼几天。也有人说，强壮的人肺活量大，需要氧气多，西藏海拔高，缺氧气，所以，越是身体强壮的人越糟糕。但真正判定一个人到西藏后是否有高原反应，其实并没有客观标准。

高反固然和肺活量大小有关，也和每个人的感知力有关。有人对外部的刺激非常敏感，稍有点高反症状，马上就能感知，而有人对外部刺激很麻木，只有刺激到一定程度时，他才有感觉，所以，高反因人而异。什么样的人会高反严重？什么样的人不严重？很难说。这就好比在一群人喝酒之前来判断他们的酒量，无论男女、老幼、病残，毫无定律。唯有实践，是检验的唯一标准。你只有亲身到西藏，才知道自己是否会产生高反。

不管会不会高反，预防工作都要提前做好。去西藏前应准备下面这些药品：感冒药、速效救心丸、丹参滴丸（后面我会告诉你，这种药的奇效）、清凉油、止痛药、创可贴、肠胃药、治疗发烧的药品、金嗓子喉宝等。高反症状千奇百怪，头痛、头晕，还会有腹泻症状，所以多准备点药品，肯定没错。创可贴应该必备，转山过程中，尤其是卓玛拉山口下坡时，搞不好会擦伤，这个时候创可贴可就派上大用场了。

西藏地区气候干燥容易上火，喉咙容易发炎，多带几盒金嗓子，感觉不适的时候含上几片，能减轻你的痛苦。如果不想让高反更严重，以下四点则请一定注意：

1. 无论是在拉萨还是阿里地区，都不要洗澡，甚至洗头也尽量避免。如果引起感冒，就非常危险，容易转成肺水肿和脑水肿，这是致命的高原病。

2. 一定要多喝水。建议喝西藏本地水，而不是矿泉水，烧开之后，喝热水。

3. 藏餐很美味，但请hold住。吃饭的时候，不要超过七分饱，否则容易加重高反。

4. 帽子不离头。即使睡觉，帽子也不要离开头部。因为不知道什么时候，可能一阵凉风就让你感冒了。

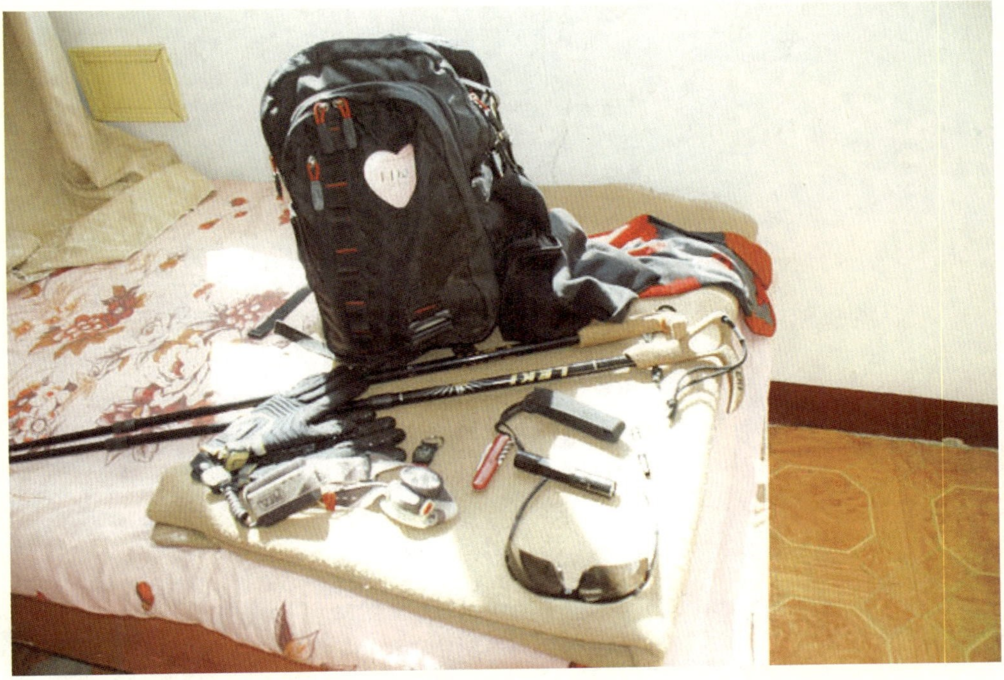

去西藏的准备2：装备保障

你最不可少的一个装备就是：边防证。神山在印度、尼泊尔和中国交界处，去那里，一定要有边防证。办理边防证很简单，只需到你居住地的公安部门即可办理。

户外太阳镜：西藏地区紫外线强度很大，为了保护好眼睛，太阳镜必不可少，戴一副户外专用太阳镜会更好。尤其是跋涉神山背后的雪地时，雪地反光很强烈，如果双眼没有墨镜来保护角膜暴露于雪地中，那么无论有没有阳光照射都容易受伤，在艳阳高照的情况下，极有可能发生雪盲。

相机：从拉萨到阿里，沿途风光以及风土人情可谓美不胜收，所以最好带上照相机将这一切记录下来。当然，我更主张用心观赏，而不是把所有心思都用在照相上。在多次进藏过程中，发觉老外都很少照相，专心致志地去欣赏、感受，我觉得这才是真正的旅行。

背包、遮阳伞：因阿里地区交通条件较差，免不了徒步，所以最好带一个舒适的背包，一把遮阳伞。遮阳伞很少用上，除非是你走不动了休息时，不过准备一把，站在神山周边，来一张照片，也有非同凡响的风韵。

保温水壶：去西藏后，必须多喝热水，所以带一个保温水壶非常重要。

睡袋：阿里地区住宿条件简陋，奔波了一天之后，睡一个温暖的觉对保存体力非常有好处，因此建议置备一个专业的睡袋。

冲锋衣：高原环境除了高海拔和缺氧外，天气的变化速度和昼夜温差也非常大。因为进入夏季，西藏地区雨水增多，防雨和预防突然的降温变得重要，所以请提前准备一套中等厚度的冲锋衣。

羽绒服：冈仁波齐峰（神山）附近气候变化无常，温差近20摄氏度，所以需带一件羽绒服御寒。

抓绒衣：西藏地区早晚温差大，有时白天30摄氏度，晚上可能10多摄氏度，夜间的低温可能会让你很不适应，抓绒衣重量轻而且易干燥不怕潮湿，是作为保温中层的最佳选择。

登山鞋：西藏很多地方雪水融化，比较泥泞，专业的登山鞋可以保护你的双脚。鞋子一定要舒服，最好不要是新鞋，因为徒步五十多公里，鞋子不舒服，你的脚肯定会被磨起泡，甚至出血。

登山杖：不解释。不过，一定要正确使用，如果使用不当，不仅不能省力，反而更难。

短袖体恤：春夏之际，拉萨地区中午温度接近30摄氏度，可准备几件短袖体恤。不过这要看你什么时候去，如果是5月份，就算了，因为根本穿不上。

户外多功能头巾：这是绝对不可或缺的装备，既可以在风大的地方当围脖和护脸，遮挡紫外线；在灰大的时候包住头发，让头发尽量少沾染点灰尘。

帽子：在我去西藏之前，专业的伙伴就提醒过我多带帽子，带各种类型的帽子。一是西藏地区阳光猛烈、帽子至少可以缓解一下晒黑程度；二是护头，西藏昼夜温差大，头部容易受寒。当然，如果你很在意自己的行头，一个有型的户外帽也是逼格提升利器。注意，在任何时候千万别摘掉帽子，西藏的风很硬，一旦吹感冒，就大事不妙了。

防晒、补水用品：由于高原地区紫外线照射强烈，气候干燥，为防止晒伤，请携带高效防晒霜（30SPF++最为合适）、补水面膜、镇静类面膜、唇膏等。

知道点藏民族文化、风俗禁忌

1. 献哈达是藏族待客规格最高的一种礼仪，表示对客人热烈的欢迎和诚挚的敬意。哈达是藏语，即纱巾或绸巾。以白色为主，亦有浅蓝色或淡黄色的，一般长1.5～2米，宽约20厘米。

2. 藏民最大的禁忌是杀生，受戒的佛教徒在这方面尤其严格。虽吃牛羊肉，但他们不亲手宰杀。藏民绝对禁吃驴、马肉和狗肉，有些地区也禁吃鱼。

3. 当藏民给你倒酥油茶时，你要待主人双手捧到面前时，才可以双手接过来喝。

4. 行路遇到寺院、玛尼堆、佛塔等宗教设施，必须从左往右绕行，不能跨越法器、火盆。

5. 不要逆时针转经筒和经轮。

6. 进任何一座寺庙，都不要吸烟、摸佛像、翻经书、敲钟鼓。对僧人们随身佩带的护身符、念珠等宗教器物，也不能去抚摸。

7. 正如接受酥油茶需双手一样，在藏地接受任何物品，都不要用单手接。

8. 不要在拴牛、拴马和圈羊的地方大小便。

9. 万不可用印有藏文的纸做手纸或摩擦东西。

10. 不要将骨头扔到火中，不管什么骨头。

11. 遇有门外生一堆火、门口插树枝或贴一红布条的藏民人家，不要进入，因为这种标记是告诉人们，他家里有病人或是妇女正在生育。

12. 与藏族朋友交谈、互相打招呼或聊天时，不能把手搭在对方的肩膀上。当然，和他们熟悉，成为朋友后，这种礼节就可不管。

13. 不要在别人后背吐唾沫，拍手掌。

14. 藏族一般不吃鱼虾，不要勉强劝食。

15. 出于对藏族人民的尊重，请言行举止低调、谨慎。

16. 出于对藏民族宗教文化的尊重，切记不要用手抚摸孩子的头。

记住这些，再去转山

1. 适宜的转山季节为5—10月。

去西藏阿里转山的适宜季节是5—10月，最佳时间是8—9月份。阿里被称为“世界屋脊的屋脊”，是地球上距离太阳最近的地方，更是对全球变暖响应很敏感的区域。5月之前和10月之后，大雪封山，气温降到极点，根本不适合人类在那里行走。塔钦村里的很多人也只是在5月到10月才在那里居住，其他时间会离开。

转山的时间很关键，也一定要重视。我有一年，因为时间没掌握好，10月中下旬才转山。结果差点没能转出来。有些地方的积雪已接近我人头高，至今想不起自己是怎么爬出来的。

2.高反要不要吸氧

初到高原，每个人都会感到不同程度的气短、胸闷、呼吸困难等缺氧症状。但这并不说明你不适应高原，如果能够正确放松心情，好好休息，2～4天后，一般都可使上述症状好转或消失；如果情况严重，则建议吸氧缓解。

很多人认为，吸氧容易形成依赖性，所以，不到万不得已坚决不吸氧。其实这并没有科学依据。专业的医生告诉我，在高原上千万不要拿身体逞强，该吸氧时还是得吸氧。另外，高反某种程度上是有记忆的。如果你第一年进藏，头痛欲裂却不采取任何缓解措施，那么以后每年进藏，头痛都会成为必然课题。

除了吸氧之外，我个人有一种药物治疗法：每次高原康2粒、丹参滴丸10粒，一日两次。效果显著，这是我实践过的，迄今为止缓解高反症状最佳的药物方式。不过这两种药合到一起，副作用很大，所以只能吃三天。而且，其中含有的利尿成分会带走身体里的电解质，建议在吃药过程中，每天吃两根香蕉，以弥补该药物造成的钾流失。

3.如果你感冒了

在西藏，感冒是一个非常危险的信号。在入藏前感冒，最好调整自己的行程安排，等身体恢复一段时间再考虑入藏。如果入藏后不小心感冒，建议从发现感冒初起症状起，立即采取下面的措施：两片VC泡腾片+两袋感冒颗粒，大量喝水，注意休息，感冒症状会渐渐消失。这个方法，对我而言，百试百灵。一定要重视感冒，因为在西藏，感冒极易转为其他高原病，特别是肺水肿和脑水肿。

高原肺水肿是常见的重性高原病，发病率在3%左右。一般在4000米以上发生，常在登山后3—48小时急速发病，迟者在3—10天发病。重要的诱因是寒冷、劳累、抵抗力下降造成呼吸道感染。患者如果出现头疼、胸闷、不同程度地咳嗽（初起干咳，以后有痰）、呼吸困难不能平卧，抢救者将耳朵贴近患者胸壁可听到肺部水泡样呼吸声，即可判断为肺水肿。严重的肺水肿病情可迅速恶化，数小时内病人昏迷、死亡。

高原脑水肿是另一种重性高原病，发病急，常在夜间发病；发病率低，但死亡率高。其症状：除早期高原反应外，还有剧烈头疼、呕吐甚至喷射性呕吐；逐渐神志恍惚、出现幻觉、定向力差，最后嗜睡至昏迷。判断脑水肿的方法很简单，让患者半卧位，嘱其按指令用手指指自己的鼻、耳朵、眼睛等，看其动作能否准确。一旦不能，说明可能发生了脑水肿。

肺水肿和脑水肿都是非常恐怖的高原病，致命性极高。一旦发现，马上送医。

4. 关于穿衣，别嫌麻烦

西藏早晚温差大，中午烈日高照近30摄氏度，晚上可能零下30摄氏度，因此要勤添/减衣服。最好的办法是，把薄的穿里面，厚的套外面。冷了就一件一件加，热了再一件一件脱。如果是5月份入藏，一定要多带一些保暖的衣服。抓绒衣、冲锋衣、羽绒服、羽绒马甲……一般来说，只会发现不够暖、不够穿，不会嫌带得多。如果是7—8月入藏，除了带御寒的衣服，也一定要带几件T恤，热起来很要命。

想提醒读者的是，冷了要加，热了也别忘记脱。尤其转山的时候，因为体力运动量大，如果出汗忘记脱，很容易感冒。还有就是头部保暖，实际上，在西藏你最需要保护的就是自己的头部。不同厚度的帽子，多备几顶。即使是晚上睡觉，也建议戴着帽子睡。因为晚上正是寒气入侵的时候。很多人睡一觉起来就感冒、头痛，多半是因为头部受寒。

5. 关于睡觉，别睡太早

首先，西藏和北京有两个多小时的时差。晚上9点，有可能天还亮着。来到西藏，最好都倒一倒时差；再者，因为空气稀薄、含氧量不够，晚上睡觉特别容易被憋醒。如果睡太早，晚上更容易被高反折腾醒，头疼、呼吸困难，等等。转山需要体力，睡眠的保障是基础。但在西藏阿里，睡觉往往比醒着更痛苦。这么多年的转山经验告诉我们，睡晚一点，让睡眠集中在一个时段，可能对你有帮助。

6. 转山切忌大声喧哗、减少休息

很多人在转山时，喜欢做一些庆功式的动作。比如超越前面队伍的时候，翻过最高垭口的时候，有人会情不自禁地来一段壮观的跳跃、呐喊等。实际这是不敬的，对神山的不敬。

转山过程中，由于缺氧和疲惫，最好少休息，正确的方式是，慢慢地走，控制好呼吸。你一旦停下来休息一次，就会有第二次，接下来，休息就成了习惯，其实在海拔那么高的地方，你休息时和慢慢走路时，所需要的氧气是一样的。

7. 转山背包，只带有用的

转山时，即使空手走路，也相当于在内地负重几十斤。因此，转山的背包一定精简。几种必备的药品：散列通（防止头痛）、高原康、复方丹参滴丸（小瓶，可直接放口袋，关键时刻救命用）；食物：水（用保温壶装）、饼干、巧克力、水果等。山脚下有固定的休息站，有美味的泡面可以填饱肚子，这些充饥物也不要带太多。在口袋里多装些糖果，不但能补充能量，当你走得快睡着时还能提提神。其他：防晒霜、伞（既可防雨又能防紫外线）、睡袋。

总之背包里的东西应该是能不带则不带。在高原上，我觉得多穿一件衣服都重得不行，何况是一个背包啊。

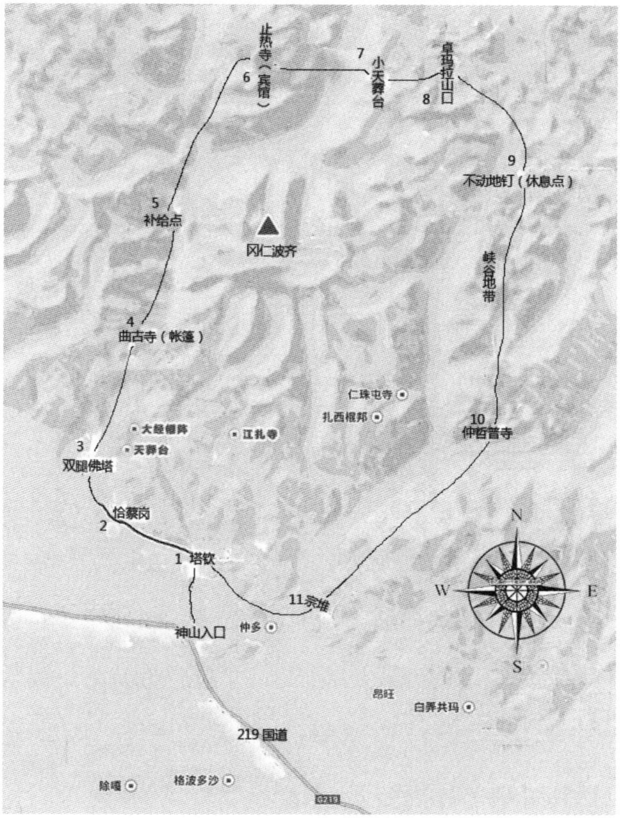

转山线路图

上面这张图可为你指引如何转山，这张图共标记出11个点分别是转山途中11个节点，下面来一一说明：

1. 塔钦，转山冈仁波齐的起点也是终点，海拔高度4675米。你在此出发前，必然是雄心壮志，但是否能得偿所愿，要看你是怎么回来的， 回来的方式有三种：被人抬回来、中途返回来、走回来。

2. 恰蔡岗，它的地标是布满经幡的拜佛台。

3. 大经幡阵（天葬台）。在一块平原上，一眼就可望到，转山到这里时，还并不累，所以你有心情欣赏这里的景点，最著名的当属双腿佛塔。很多转山人把这里当成转山起点。

4. 曲古寺。在半山腰，海拔4860米，这是转山途中遇到的第一座寺庙，“文革”时被毁，后来重建。它紧紧地贴着山腰，俯视转山的众生。

5. 休息站。大多时候走到这里时，已是下午，补充一些能量是必需的。但你别指望在这里能补充多少能量，因为方便面是这里最好的食品。

6. 止热寺。玛尼堆和经幡飘摇，美丽又壮观。对非藏民而言，这是转山第一天的终点，海拔5210米。这里有看上去还算不错的宾馆， 因为这个时候你已经累得半死，只要是张床，就能让你认为是极乐世界。

7. 小天葬台。在这里有必要歇息一下，因为最艰难的路马上开始了，而且感觉好像永不能结束。

8. 卓玛拉山口，海拔5660米。这是整个转山途中海拔最高的地方， 你的体力、意志力会受到严峻的考验。你应该有无数次放弃、无数次崩溃。

9. 休息站。这是下山后第一个休息站，经过凌晨翻山的艰难，到这里都已精疲力竭，需要休息和补充能量。

10. 仲哲普寺。有人会在这里住，而很多人都选择回塔钦。

11. 宗堆。转山的出山口，你就如同世界末日看到诺亚方舟一样地看到了塔钦。很多人走到这里，就会让车来接，功德圆满。

1 ~ 2，大约5公里，是一段平缓的长坡，感觉不错。

2 ~ 3，大约2公里，柔情似水的下坡路，没有痛苦，只有兴奋。

3~4，大约3公里，山路平缓，你的兴奋仍然保持在一个相当高的水平上。

4~5，大约7公里，山路开始起伏。有一条河流，在你脚下流淌，赏心悦目。

5~6，大约5公里，山路开始悄无声息地上升，你的呼吸越来越急促，虽然途中有景点，但欣赏的心理少了很多。

6~7，大约4公里，一段绵绵无绝期的缓上坡，乱石狰狞，你的呼吸提醒你，艰难来了。

7~8，大约3公里，极陡的坡，那些被它折磨得死去活来的人给它起名为“地狱坡”。

8~9，大约5公里，近70度的陡坡急转直下，你除了看着脚下，没有任何其他心思。

9~10，大约10公里，一路沿着一条叫作“宗曲”的河走，其实它就是沼泽地，神鬼都叫痛的地方。

10~11，大约6公里，山路倒是平缓上坡，要走过无数个弯。这里就是让无数人崩溃无数次，心理素质差的人产生轻生念头的地方。

11~1，大约4公里。道路平缓。很多人在这里就等车来接了。不过我向来都是走回去，如果你没有顽强的毅力和充沛的体力，我奉劝你还是等车来接，因为这4公里可能会让你感觉到又转了一次山。

“为了爱，我愿意!”——I Do基金

第七章

慈善是条朝圣路

做慈善，尤其是做慈善基金，其实在我看来就是条朝圣路。也许你根本无法完成朝圣，永远都走在朝圣的路上，但人生修行无非就是在路上，正如转山，所有的修行都在路上！

I Do基金，感性的产物

2008年5月12日，汶川大地震发生，由于当时信号中断，所以直到15日，很多人才看到震后画面，那些血淋淋的场景，孩子们从废墟中被挖掘出后的嚎哭，动人心魄。我看了不到三分钟，就做出一个决定：捐款2000万给汶川。

事后想来，这纯粹是一个感性的本能决定。没有经过任何思考，没有进行任何理性的分析，而是那些灾后惨不忍睹的画面直接催生了我的决定。

心学大师王阳明说，所谓致良知，无非就是你面对一件事情时，不经任何思考而做出的直接反应，就如同条件反射一样。如果你面对一件事时有了思考的能力，那说明你的良知纯度不高，因为任何事情经过思考、分析和琢磨后，就不是良知的本体，丧失了人类最基本的良知。

可以说，纯粹是出于感性或者说是良知，我做了这样一个决定。时光流逝，我越来越对当初那个感性决定感到骄傲。

在一个朋友的介绍下，当天我就和中华慈善总会会长见面。他出其不意地问我："你想怎么把这2000万捐出去？"

我一愣，心想，捐款而已，难道还需要什么方式吗？

会长告诉我，捐款有两种方式，一种方式是直接把钱捐出去，什么都不管了；一种方式是成立个基金，长期做慈善。

我脱口而出：那肯定长期做慈善。

会长语重心长地说："长期做慈善说得容易，做起来可是很难的。你要考虑清楚。"

我说："我考虑清楚了。"

后来我才知道，长期做慈善比转山还不容易，你成立个基金就等于有了公益的平台，在这个平台上，必须要有人专门专心去做这件事，找基金资助的公益项目，并对整个项目进行监督，还要有其他资金源源不断地注入。

当时有人曾问我，面对汶川，没有人不会动心，捐款也在意料之中，可即使比你有钱的人，也很少在那么短的时间里下定决心捐2000万，你当时真就没有什么特殊的想法吗？

我不诧异于朋友的提问。当我们在做一个相对大的决策后，外人会很惊讶，其实我们本人是心平气和的，因为这个决策背后已经有了积累、量变到质变的过程。在2008年决定成立I Do基金之前，我和我的公司已在慈善的路上。我们先后捐助了多所图书馆和小学，捐助各基金会和组织倡导的很多公益行动。

然而，在成立I Do基金之前，无论是哪种慈善，其实都是零零散散。成立I Do基金后，我才真正把慈善当成一个专门的事业来做。如果说做慈善在成立I Do基金之前和之后有什么区别，那么我可以说，之前，我做的是捐款的慈善；之后，我做的则是亲力亲为的慈善。

基金成立一天后，我就决定去汶川。出发前一晚，有朋友从汶川打来电话说，如果你来汶川，就请带点人血清蛋白来，因为伤者太多，急需人血清蛋白。

我连夜联系了所有朋友，发动了全部社会关系，终于在第二天中午，获得了20支人血清蛋白。几乎是马不停蹄地，我们终于在当天晚上9点抵达绵阳520医院。

到了医院，我生平第一次知道，人血清蛋白原来是一种为截肢患者及重病患者，在生命最危急的时候使用的，我的心马上揪起来了。当我看到被人血清蛋白救助的两位重症儿童时，也是我在地震后第一次真正见到身上写满了地震痕迹的孩子！

两个都是女孩，蜷在雪白床单里面，一个失去了左臂和右腿，一个非常伟大，本来已经逃出，却因为再次返回营救同学截掉了双腿。正是这次送药，让我知道了背后更加震撼人心的故事，北川中学整整一个班的同学，都被埋在地下，整整70多个小时，他们喝墨水，啃课本，维持着体力，对十几岁的孩子，重创的身体和巨大的恐惧，消磨着意志，有人因无法忍受痛苦而自杀，有人被救回后，受到了巨大的精神刺激，再也没有好转。

40多个孩子，只有6人挺了过来，居然是靠了周华健的一首《朋友》和一个最简单的愿望：出去一定要好好吃一顿。

其实，我这个人，最看不得孩子受罪，永远没办法对孩子说“NO”。在地震之后，幸存下来的孩子在一年之内经历了无数次大手术。每次大手术后，孩子们都会因为疼痛失去继续坚持的勇气，这时候我会放下手头的一切工作，第一时间冲到医院去陪她们，听她们发泄痛苦，疏导她们的情绪，用耐心和爱让她们平静，让她们看到康复的希望。

我对孩子们的关爱，也由最初的冲动变为责任，最终转化成一种亲情。我也第一次真正感受到，亲力亲为的慈善所带给我的感动。当我看到她们小小的身体里竟然蕴藏了那么坚韧、强大的力量。看到她们坚持过来，并且战胜了那么多的心理阴影，从心底真正地站起来，真正地快乐起来，我的心中就油然而生一种成就感。

正是这种责任感、成就感，支撑着我在未来的慈善道路上，越走越远。

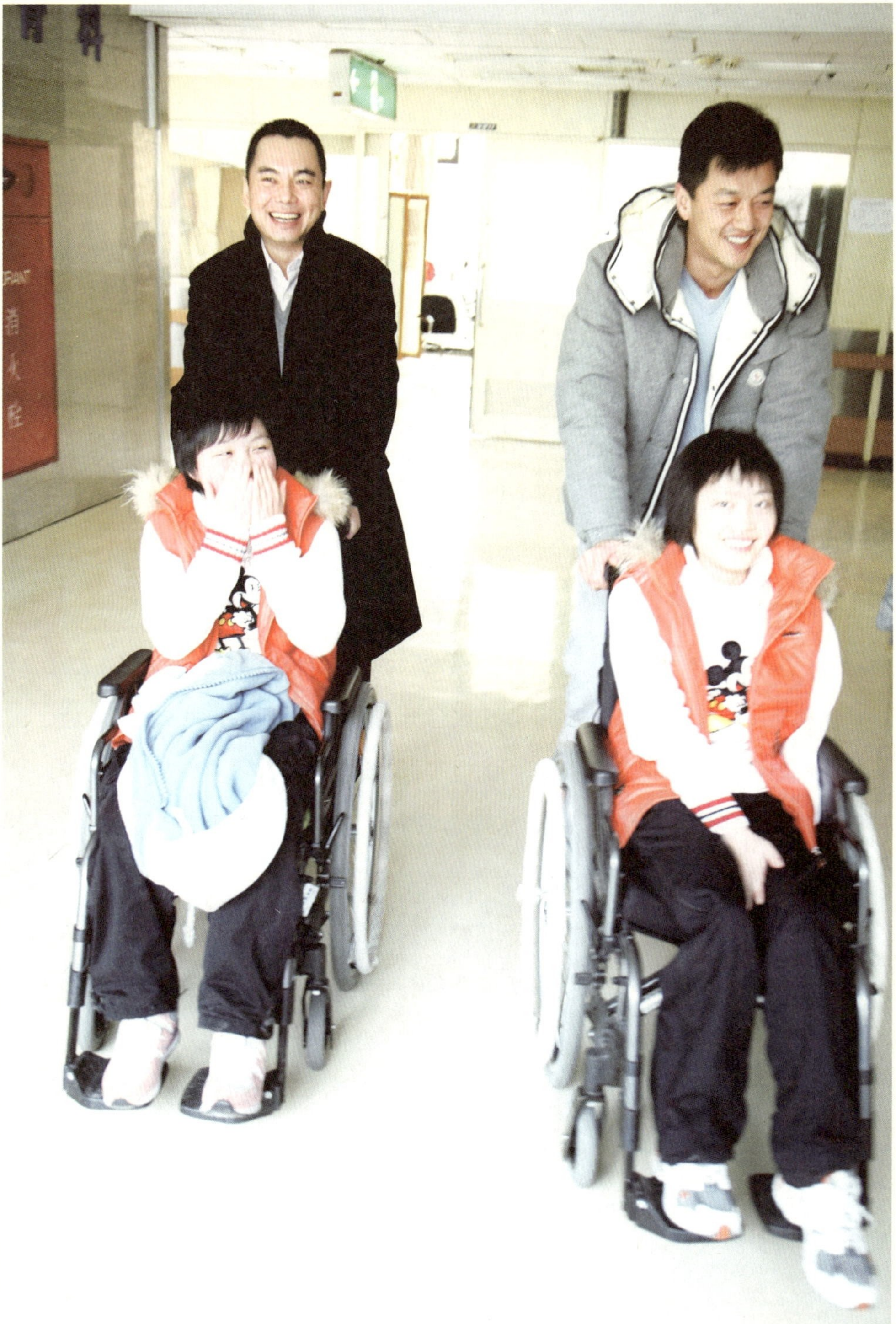

与李亚鹏一起看望两个经历汶川大地震后康复的女孩。

在阿里参加I Do基金的慈善活动时与孩子们在一起。

孩子们的笑容让我们心里暖暖的，我们带去的物资也许很重要，但带去的希望则更为重要。

与阿里的慈善之缘

或许是应了神山的召唤，I Do基金与阿里的慈善之缘命中注定会开始。开始的契机则是来自措勤县完全小学的一封求助信。

这封信的内容动人心弦，他们居然没有打印机，平时给孩子的考试试卷都是油墨印制。但在全国统一升学考试时，考卷都是打印的，很多孩子的成绩因此而受到影响，他们希望我们能捐助一台打印机。

一封千里迢迢到我们手中的求助信，只为一台打印机？我当时难以置信，后来确信这是真的后，不禁感慨万千。当我们为孩子在选几百万的学区房、高精尖的兴趣班、常春藤国际化之路纠结而努力时，从不曾想过，就在同一个蓝天下的某些地方，孩子和老师们连一台打印机都没有！

2008年的七月份，我和基金的同事们带着发电机、打印机、广播设备等物资，来到西藏阿里，赴措勤之约。这次慈善之举，也开启了我们在西藏连续七年的慈善之旅。

措勤是一个阿里地区南北线不通的交通“死角”，每来一次，都要历经千辛万苦才能到达。2009年，因为道路被冲毁，从拉孜到措勤的路段，我们整整开了22个小时，从前一天的凌晨四点，开到第二天的凌晨两点。在途中经过几个海拔近6000米的山口时，所有人都倒下了，呕吐、头疼、低烧，甚至有同伴出现幻觉，想想都后怕。可奇怪的是，再痛苦的旅程，只要看到学校里的孩子，高反的痛苦和旅途的疲惫就会瞬间减轻。这是否是福报，我不敢说。冥冥之中，我总感觉神山在默默地注视着我在做的事。

措勤由于交通闭塞和不便导致物价奇高，青椒8块钱一斤，冻肉17块钱一斤，可每个孩子每月的补助才100元钱，这其中还包括了一年中被褥与衣服的费用！

孩子们的生活异常艰苦。只说最基本的饮食，他们在学校喝不上热水，只能趁下课间隙去喝路上水坑里的水。如果没有下雨，他们必须要从井中把水提上来，那种水浑浊不堪，他们却要饮用它、洗菜、洗衣服。一桶水要用好几个来回。

这种场景，使我终生难忘，我第一次见到这种场景时，眼泪不由控制的夺眶而出。这是人之常情，可是在当地，他们已司空见惯，见怪不怪了。

有一年，我看到一个小女孩，脸上挂着与他年龄不符的忧伤。我于是问校长，她怎么了。校长语气轻松地说，她父亲刚死。

我从这名校长的语气中分明感受到了悲伤，后来校长告诉我，由于高原的特殊环境与气候，本地（措勤）人的平均寿命在50岁左右，很多小孩从小就会失去父母。

这里的生命，这里的生死，都如校长的语气那么平常，那么平静。

然而就是这样一所小学，教育普及率高达98%，升学率高达80%，2008年整个阿里地区到内地读书的133个指标当中，措勤的孩子就占了12个，这样一群吃手抓饭、一年只穿一套衣服、好几年没条件洗澡的孩子，用他们的和对智慧环境坚强的适应，打动了我。

我当即和措勤县县长、教育局长、校长商议，出资在措勤小学成立“助学基金”，以帮助那些有能力读书和深造的孩子，还有那些生活困难，无法保证生活温饱的孩子，能在一个正常的环境开始自己的人生，能享受到和内地其他地区孩子一样的童年记忆。

也许人生而必然面对不平等。不平等的资源，不平等的条件，不平等的爱。但每一个不平等将会由另一种形式的补偿来平衡。上天给予他们艰苦，也给予他们面对生活的乐观、适应环境的智慧。我有时候会想，他们是幸运的，因为他离神山是那么近，至少比我要近。

从这一点而言，上天给每个人的，终究是平等的。正如每个人转神山，都要一步一步转完，没有捷径，人人平等。

我们的目标是，追孩子回来上学

阿里地区大部分的学校是牧民学校。由于政府政策“包吃包住包学费”的支持，暂时还不存在上不起学的情况。不过，由于天然和社会环境的限制，这里的情况比我们想象中还复杂许多。

首先是寒冷。这里为平均海拔4700米的高寒地带，每年的寒冬季节长达七八个月。学校的取暖设施，就是窗外一层黑色的保温板来吸取一些太阳能。每次看到这个取暖设备，我就会想到卖火柴的小女孩，靠一根火柴取暖。

这里不仅没有取暖的设备，孩子们御寒的衣服也奇少，基本上从家里来就一身衣服，全靠学校每年发的两套衣服，而且一穿就是一年。学校的老师经常要自己掏钱为孩子买鞋。革吉县雄巴初小唯一的汉族老师陈璐说，看到孩子冬天的样子直想哭，“冬天那么冷，鞋破得没法穿，脚趾全在外面，怎么忍心不给买呢？”

第二是缺电。2009年我们到雄巴初小的时候，校长告诉我们，这里过去长达八年的时间中没有电。2008年，老师们集资购买了一台发电机，每月每个老师再出两三百元集资采购发电机需要的柴油。但因为发电机较旧，功率不够，远远不能满足学校用电需求，老师们只能让孩子每天上课上到晚上8：30，天一黑，就让孩子们睡觉，以节省一些电和蜡烛。

这几年，随着政府和民间组织对这里资助的逐渐增多，情况已有所好转。这些硬性条件的限制，也终在人情面前，一点点被融化。

不过，有一点，却是极难改变的，就是牧民家长们对孩子上学的不支持。

在很多学校，孩子90%都是来自牧民家庭，这些家庭里9～10岁以上的孩子都是家里不可或缺的劳动力，所以牧民父母们并没有意识让自己的孩子上学。在他们看来，学习没有什么用处，很多西藏人走不出西藏，一辈子待在西藏，帮家里放牛。

革吉校长白玛才旦，毕业于河北省民族师范学院，三年前他满怀激情地来到这里，希望把自己在内地学到的知识用于改变这里的教育现状，但没想到碰到无数的问题，最大的阻碍就是家长对教育的不支持，“28日就要开学了，29日学生肯定到不齐……”

每到快开学时，县长、镇长及其他县、镇干部都要一个帐篷一个帐篷地去做说服工作。一些牧民因为家里需要劳动力或者舍不得孩子，认为孩子上了学后学不到什么实用的东西，等到回家后又连放羊都不会了，因此不愿意送孩子来学校。有的家庭甚至以孩子上学为条件，要求得到一些物质上的回报。

大部分的牧民家长从来都只关心孩子吃、住等物质条件，而对学习基本不关心。他们来到学校，从不过问孩子学习如何，通常只问两个问题：一个是吃得饱饭吗？另一个是：是不是挨打？

有一次，白马老师发现孩子新领的书本都被撕了，问怎么回事？原来家长看书本很好生火，就把书本拿去引火了。

孩子逃学也是很常见的现象，平均每星期就会有三四个孩子逃学，这里的老师要24小时值班巡视看管。有时一个家长过来给孩子请假，会带动一大批人一起来学校，要求请假，把孩子带回家。

有个小家伙叫桑珠，是学校的“常跑”健将，每次放羊就把从学校回家的路记好，然后趁着早晨或其他家长来看孩子的机会，就混迹其中跑了。40公里的山路，他能翻山越岭跑回家，碰上学校老师骑摩托车去追他，他还会趴在地上“反侦察”，躲过老师再回家。面对这个让人又好气又好笑的小家伙，我们也能看到他身上的优点，他聪明、倔强、个性十足，将来也应该是个可造之才。

但也有装着满满读书梦的孩子。赤来旺堆，这个孩子和很多其他牧民家

走了40公里去上学的赤来旺堆是个腼腆的大男孩。

孩子一样，在家里是个劳动力，母亲生病，弟弟妹妹还小，他是父亲唯一的帮手。但他很有志气，放羊也在看书，一次下大雪，为了找回走丢的羊，他把书给丢了，结果在雪夜里找了两天，把脚给冻坏了，还遭到父亲的训斥。

一次开学，父亲故意拖他的时间，让他错过了班车接送，结果小旺堆从家里花了两天一夜，整整走了40公里，夜里就睡在山脚下，赶回了学校。当时，他只有11岁。每次想到这个故事，想起这个孩子，我就有一种莫名的力量。40公里，接近于转山一圈的里程，一个孤独的、幼小的身影，不怕黑暗、不惧遥远，用自己幼小的双脚，去追赶心中坚定而执着的读书梦。

也许正是这些可爱、坚强的孩子，散发出如同神山一般的吸引力，每一年都把我带到阿里，带到慈善的路上。

慈善不是放肆的情感流露

人倾注浓郁的感情去做一件事，肯定能做好，因为发自真心，会竭尽所能。但如果出于感情而做很多事，就未必每件事都能做好。做慈善的时间久了，我才对这段话印象深刻起来。

多年来，政府对西藏的教育问题一直很重视，在内地也设立了专门招收藏族孩子的学校，山东济南西藏中学就是这样的学校之一。藏地的孩子如果能到内地来学习，那是让孩子们倍感荣耀的事，并且对他们的发展很有益处。

遗憾的是，西藏的孩子千里迢迢来到济南读书，寒暑假是不能回家的。交通受限，家庭经济条件受限，从走出阿里的那天起，他们中的大多数人都要独立在外地生活4年，毕业才能返回西藏。

4年，对一个不能和父母相见的十几岁的孩子来说，意味着什么，不言自明。

为了圆他们每年都能和父母相见的梦，I Do基金制定了这样一个慈善计划：假期送西藏的孩子们回家！

这件事想起来完美，可做起来才发现很难。有一年暑假，基金同事们开车送一个叫平措旺姆的孩子回家。平措旺姆的家在扎达县香孜乡西谢村，离扎达县还有9个小时的路程，接近边境。可是从扎达县去她家的路被洪水冲断了，由于其家乡偏僻，信号又不好，根本无法联系上他的父母，面对这种情况，I Do基金同事们只好望“路”兴叹。这个走了5100公里，离家只有120公里的孩子，只能泪眼婆娑地看着家的方向，哽咽着絮叨：“只要不下雨，还是可以开进去的……”

这还算是幸运的。还有一次，I Do基金的同事在护送藏族孩子回家的路上，遇到泥石流，一辆车翻了。万幸的是，车里的藏族孩子和同事都没事。可我后怕的要命，本来是做好事，如果真出了人命，那可就成了人命关天大坏事，这责任是任何人都负不起的啊！

我终于从感情的热潮中冷静下来，我想明白了一个问题：做慈善要有理性，不是什么慈善之举都要去做，要挑选我们最擅长的事。

其实当你做过慈善后，你会慢慢变得 “冷血”，或者说，不再感性。这话乍一听令人难以置信，实际上却是事实。我还记得汶川地震时，我和慈善总会的朋友们在医院，许多工作人员对那些受伤的孩子很“冷酷”，一脸严肃，“机械性”地检查着孩子们的受伤情况，然后把他们推到各个房间，这种分发是按受伤轻重来的。

我当时看到他们的动作很不能理解，特别是他们的神情。面对这些受伤的孩子，难道他们心里没有触动吗？

但后来有人告诉我，如果你真的是个慈善者，就应该敬业地工作，按规范去做好每件事，而不是放肆地流露感情，那样于事无补。

到今天（2014年），做了六年的基金，我对慈善的认识已逐渐理性：不要在你的能力范围所不及之处去设定过多的理想主义目标。比如，从企业客观条件来讲，经过10年的发展，我们已经形成了一个非常优秀的团队，企业允许我拿出一部分精力来做这样一个基金。但是，我们的目标不是今年拿2000万去做这事，明年拿4000万去做那事，一年要做20件、40件事。我设定的目标是，在我们能力所能及的范围内，尽量从专业的角度去做规划，做一些长期的有目标的事情。哪怕开始的第一年，我们只对一个人做了一件事情，这样30年后，我们基金对社会的价值，也将会是巨大的。

在我的规划中，基金的发展是一个哑铃型的成长模式。在基金刚成立的时候，因为经验和规模的不成熟，我们需要不断地去尝试适合我们的项目，做得会比较多，跨度范围也比较广。随着基金的不断发展，我们的团队逐步成熟，经验逐步丰富，就需要把有把限的精力放在有限的几个项目上，用最好的资源把它们做透做深。等基金发展成熟后，作为一个平台能调动更多的资源和社会力量时，我们又能够去帮助更多的人，运作更多的项目。

基金目前还处在一个摸索阶段，与社会上更多成熟的公益组织或机构比较，我们确实不足费再多笔墨。不过，慈善本就不是一个拼资金的事情，我们可以不是最大规模的，最多资源的，但我想做到的是，我们一定是最用心的。

所以我一直坚持两个观点：一是勿以善小而不为，而且要亲力亲为。在我们早期的慈善公益行为中，很多项目并不成体系，但只要我们力所能及的，一定会去做。包括去西藏做慈善这件事，很多人认为完全不用这么艰苦的做法，亲自运送物资，与孩子们游戏互动，耗费的人力物力太多，不如直接捐些款项过去。可慈善真的不是汇款邮寄包裹。如果不是亲自去，怎能知道当地人真正需要的帮助是什么？对福利院的孩子来说，对那些缺乏亲情见谁都叫“妈妈”的孩子来说，真正需要的可能并不是物质上的捐助，而是关怀与温暖。

第二个观点是可持续慈善。有一次，一个国际上的捐助团队到学校做慈善。学校老师把孩子召集过来，集合，准备发东西。谁知，被老外制止了。他们认为，这种毫无付出就能获取的事情很容易养成一种习惯，对孩子将来可能造成更大的伤害。于是，他们召集孩子一起劳动，劳动的报酬便是捐助的物资。这个故事告诉我们，慈善不是单纯的“给予”，成熟的公益行为，应该是更多地帮助求助者自救，培养他们一种技能，通过有原则地帮扶去激发他们自我发展的能力。这就是可持续慈善，真正长久的公益模式。

慈善是一种信仰

什么是慈善?

我不想轻易给慈善下个定义，但它的内涵的确有被误读。很多人一提到慈善，都会拿谁谁捐了多少钱说事儿，似乎捐的钱越多，善行就越大。其实，这是误区。你有良知，做你尽可能做到的事，就不必在乎事情的大小。举个例子，在路上被人揍一拳，我不还手，而是原谅他，这也是一种慈善；人与人之间相互帮助，知道给予，懂得感恩，这就是慈善；少用塑料袋，节约一张纸，这也是一种慈善。

确切地说，慈善，不是有钱人才能玩的，它应该是一种宗教教义，尽你所能，帮助别人，“赠人玫瑰，手有余香。”

► “天边小学”独特的升旗仪式，曾在网上引起广泛关注。

▼ I Do儿童基金会的同事们在前往“天边小学”的路上。

小国柱的悄悄话。

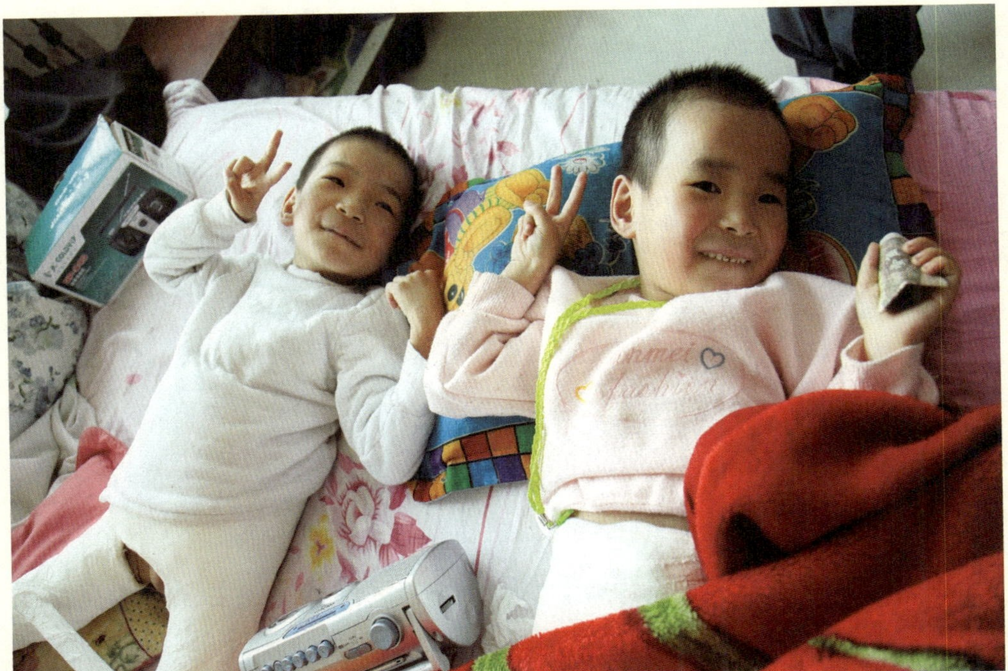

两个瓷娃娃的乐观感染着每一个人，他们心中的希望最后变为了现实。

从I Do基金的成立来说，当时的地震捐助是全民参与的事情。在我公司，我不认为是我一个人在做慈善。我做了慈善，但我们公司其他所有参与此事相关的人也在做慈善。我们公司很多志愿者，地震时去四川，排练了很多孩子们喜欢的节目，他们这就是在做慈善。还有媒体的记者，定期写一些和慈善相关的倡导性文章，感染并带动更多的人，这也叫慈善。

慈善是一种力量，也是一种心境，善就是你做的事能让别人开心，可以满足别人的愿望。做慈善，带给需要帮助的人们希望，是一件非常快乐的事情。

我还记得有个叫“海军”的小孩子，他很不幸，1岁时时患上了成骨不全症，这种病会让人的骨头异常脆弱，哪怕咳嗽得厉害点，都会骨折，这种患者俗称“瓷娃娃”。

“瓷娃娃”小海军自患上这种病后直到8岁时，一直在床上度过。8岁的年纪，正是孩子活蹦乱跳的时候。可是，因为家里贫困，没钱给他治病，他只能躺在床上，一遍遍默念着他的三个梦想。

2010年4月，通过瓷娃娃关爱协会与《鲁豫有约》栏目组，我们听说了小海军的故事。我的一个念头就是，无论如何都要帮小海军实现他的三个愿望。

小海军的第一个愿望，是希望去看看北京天安门。第二个愿，是可以蹦蹦跳跳地背着书包到学校上一节他最喜欢的美术课。他是个画画天才，没有经过任何人的指导，却画的一手好画。最后一个愿望是健康起来。

我们决定先实现他的第三个愿望，因为实现了第三个愿望，其他两个愿望也就自然而然的成真。2010年4月20日，I Do基金资助小海军完成了“截骨矫正髓内移植”手术。手术相当成功，经过一系列康复训练和药物治疗，小海军就能奇迹般站起来。

当小海军激动地落泪时，我知道他不仅仅是因为将来可以健康地生活下去，还有原因是在于他可以实现另外两个愿望了。我们的举动，不仅仅是简单的帮助，而是从心底让他产生对生活的希望和期待。

这样的活动还有很多，我们时刻关注着社会上那些亟需帮助的孩子们。从打工子弟到天边小学，我们始终在努力，让我们的爱与关怀带来持续的希望。当然，我们力量有限，带来希望，给每个需要帮助的人们以力量，所有人的力量连接在一起，才能成就一个更美好的社会。

而对那些我们帮助过的孩子来说，每一个我都寄托了深深的感情，我期待着看到他们的每一点进步。而当他们用稚嫩的脚步积极地走上他们的人生之路时，我会感到一种暖暖的幸福，因为我们帮助一个孩子，就是帮助了一个家庭，看到原本陷入困境的一家人快快乐乐地生活，真的让人倍感高兴。

我还有种看法，慈善是一种信仰，需要你有一种特别强烈的意愿和热情，它可以驱使你坚持向前走。正如对信仰的虔敬能让你在转山路上不停向前走一样。任何事，只要是你发自内心意愿去做的，无论遇到多大困难，你也会乐在其中，这可能就是俗话说的，痛并快乐着吧。

通过做慈善，我更能感受到一个佛教徒的生命价值。每一次身体力行慈善公益活动，我都能感受到被需要的快乐与满足。更重要的是，这些还会影响到我身边的人，最终，把个人的善举变成了一个团队的慈善，整个公司的慈善。

这种成就感，没有任何东西可以替代。

有人曾问我，做慈善和做企业一样吗。

我回答，一样，也不一样。

一样，是因为做企业和做慈善都很累，其实做慈善更累。但你真正热爱，做起来就很快乐。不同的是，做慈善会让你超级幸福。做企业，责任重大，融入你的思想和身体里，但做慈善，责任更大，责任感会很强地融汇到你脑海中。只有做过，你才能真切感受到。

在我看来，慈善是条朝圣路，需要像信仰那样虔诚地去做。慈善也是希望，它照亮了每个人脚下的路，让每个人在人生这条路上，奋力向前，向前，向前，跨过阻碍，勇往直前。